祝い飯

料理人季蔵捕物控

和田はつ子

時代小説文庫

角川春樹事務所

目次

第一話　祝い飯

一

そろそろ涼風が立つ時季の夕暮れ時、日本橋は木原店《きはらだな》にある一膳飯屋《いちぜんめしや》塩梅屋《あんばいや》の主《あるじ》季蔵《としぞう》は、暖簾《のれん》を掛けに外へ出て、しばし、空に目をやった。見事な夕焼け空である。

空は血を流したように赤い。

人の命を奪うことも辞さない役目は、先代の塩梅屋主長次郎《ちょうじろう》が急逝《きゅうせい》した折、北町奉行の烏谷《からすだに》椋十郎《りょうじゅうろう》から命じられ店と一緒に引き継ぐ羽目になった。

料理人と隠れ者、季蔵は二つの顔を使い分けている。

――夕焼け空が時に血の色に見えるのは、因果な役目を負っているからだろう――

人の世には御定法《ごじょうほう》では裁くことのできない悪がはびこっている。これは闇《やみ》に紛れて絶つしかないのだと烏谷は言い、今では季蔵も納得はしている。だが、時折見る夢の中には、冷たい骸《むくろ》になって、土の上に横たわっている己の姿があった。

――いつ、命を落とすやもしれない我が身だ――

「季蔵さん、夕焼け見物？」

内側から、おき玖《く》が顔を覗《のぞ》かせた。

「まあ、本当に綺麗《きれい》」

おき玖は長次郎の忘れ形見の看板娘である。

「あたし、夕焼け空ほど好きなものはないのよ」

にっこりと笑ったおき玖は、やや浅黒い肌に、ぱっちりとした黒目がちの大きな瞳《ひとみ》が印象的な、鮮やかにして艶《あで》やかな夕焼けに負けない、気性の勝った娘であった。

「季蔵さんはどんな空が好き？」

このおき玖は死んだ父親や季蔵のもう一つの顔をまだ知らない。

訊《き》かれた季蔵は黙って、人差し指を空に向けて揺らせた。

「あ、赤とんぼ」

おき玖が短く叫んだ。

赤とんぼの群れがすいすいと飛んでいる。その様はまるで、夕焼け空から舞い降りてきたかのようだった。

「わたしは夕焼けより赤とんぼの方が好きです」

応《こた》えた季蔵は瑠璃《るり》を想《おも》っていた。

――子どもの頃、この時季になると、瑠璃と一緒に赤とんぼを追いかけたものだ――

堀田《ほった》季之助《としのすけ》と名乗っていた侍だった頃、瑠璃は季蔵の許嫁《いいなずけ》だった。瑠璃は主家の嫡男に横恋慕されて、季蔵との仲を引き裂かれ、側室の身となったが、紆余《うよ》曲折《きょくせつ》を経て、今では烏谷のはからいで南茅場町《みなみかやばちょう》の二階家で、心を病む身を横たえている。

——瑠璃が元のようになることを願ったこともあったが——

夫と義父が殺し合ったという、辛《つら》く凄惨《せいさん》な場面を記憶から消したいゆえなのか、町人姿の季蔵をかつての季之助と認めがたいのか、未《いま》だ瑠璃は季蔵のまなざしや話しかけに応えることが少なかった。

正気を失った者は、自然、食も細くなって、いつしか身体《からだ》が弱り寿命が縮むことが多いという。

瑠璃もこの例に漏れず、時季の変わり目には、医者が首をかしげるほどの高熱を出した。

南茅場町から報《しら》せが届いて、案じた季蔵が見舞に駆けつけたのは五日ほど前のことであった。このままの状態がこれ以上続くと命に関わる——。

「瑠璃さん、熱が引いてよかったわね」

幸い、それから三日ほどで熱は下がり、医者はもう大丈夫と太鼓判を押してくれた。

——瑠璃は生きててさえくれればそれでいい——

今の季蔵は多くを望んでいなかった。

——瑠璃が生きてくれている間は、わたしもまだ果てるわけにはいかない——

そして、土の上で骸となり果てる己を打ち消した。

「お嬢さんにはすっかり、ご心配をおかけしてしまいました」

瑠璃を案じたおき玖は、馴染《なじ》みの京菓子屋に頼んで、桔梗《ききよう》を模した干菓子を届けさせていた。桔梗は瑠璃の好きな花であった。

「瑠璃さんにもしものことがあったら、季蔵さんが心配だもの――」

おき玖はやや翳《かげ》りを帯びた声で言った。

「あたし、おとっつぁんだけじゃなく、清三良《せいざぶろう》さんのこともあったから、人に逝《ゆ》かれるってことの辛さがよくよくわかるのよ」

――清三良――

その名を耳にしたとたん、季蔵の心は、おき玖にも増して翳った。

幼馴染みの清三良と再会したおき玖は、惹《ひ》かれて、夫婦《めおと》になろうとしていた。が、献残《けんざん》屋の清三良が、市中の人々を悪の手で弄《もてあそ》んでいることがわかって――。

――罪のない人たちを何人も殺《あや》めた清三良は、たしかに極悪人にはちがいないが、人は一面だけでは量れない――

もしかしたら、おき玖にだけは、心優しい昔のままの清三良であったかもしれなかった。

そう思うと、

――お嬢さんの幸せをこの手で奪ってしまった――

季蔵は思わず、清三良の息の根を止めるために動かした己の手を見た。

「包丁なら店の中よ」

手は料理人の命である。汚れや傷などあれば料理に差し障る。季蔵はしばしば、包丁を握る前に、両手を開いて確かめることがあった。

「季蔵さんの考えてること、当ててみましょうか？」

おき玖の声はもう湿っていなかった。

「きっと、赤とんぼを想わせる、今時分の献立のはず——」

「ええ、その通りです」

季蔵はほっとした心の裡《うち》を悟られまいとして、うつむいたまま店の中へと戻った。

「思い切って、瑠璃さんの快気祝いの膳というのはどうかしら？」

「大袈裟《おおげさ》です」

季蔵は苦笑した。

「あたし、ちょっと気にかかってることがあるの」

季蔵はさっきからの流れでどきっと胸に堪《こた》えたが、もちろん、顔には出さずにおき玖の言葉を待った。

「おしんさんのことなんだけど——」

おしんは年齢《とし》は若いが、漬物と乙女《おとめ》鮨《ずし》が評判の茶屋みよしの女主であった。

「見立て鮨の穴子がよくなかったのでしょうか？」

季蔵は眉根《まゆね》を寄せた。

おしんのところの乙女鮨とは、青物だけを使った握り鮨であった。これには、茄子《なす》の昆布じめ等の漬物ネタと、牛蒡《ごぼう》を梅風味の煎り酒《いざけ》と砂糖で甘辛く煮てシャコ等に見せる、見立て鮨との二種類がある。

牛蒡シャクナギを思いついた季蔵は、その後、おしんに頼まれ、焼いた千住《せんじゅ》ねぎを、山椒《さんしょう》の実を一粒、二粒加えた味醂《みりん》風味の煎り酒で煮て、握りの上に乗せてみた。蒸した後、焼き上げ、煮詰めだれをかける鮨ネタの穴子の代わりを務めさせようとしたのである。

――頼まれ仕事とはいえ、不人気では申しわけない――

季蔵が知らずとしかめっ面《つら》になっていると、

「そんなことない。ねぎ穴子は山椒の香りが何とも粋だって、たいした人気だそうよ」

おき玖が笑い飛ばした。

「気がかりはそのことじゃないのよ」

「それはよかったです」

季蔵はほっと息をついた。

「あたしが心太《ところてん》好きなの、知ってるわよね」

「夏中、召し上がっておいででしたね」

頷《うなず》いた季蔵は知らずと口をすぼめた。実は季蔵は心太が苦手であった。思いきり酢を効かせて食べるのが、よしとされているせいである。

「そう。夏はこれに限るもの。あの酸っぱさが何ともいえない。暑さが吹っ飛んでくようで何とも気持ちがいいのよ。でも、今時分になっても、まだ、心太を食べているとなると、あたしみたいに暑気払《しょきばら》いだったとは思えないのよ。心配だわ」

おき玖は相づちをもとめて季蔵を見つめた。しかし、

——何のことだか——

季蔵は当惑気味におき玖の顔を見守った。

「わからない？」

「すみません」

「やっぱりね」

おき玖は呆《あき》れ顔でいる。

「心配な理由を話してください」

「おしんさんが時季外れの心太ばかり、仇《かたき》のように食べていると、あたしに話してくれたのは豪助《ごうすけ》さんよ」

おき玖は片目をつぶってみせた。

豪助はほぼ毎日、おしんのみよし茶屋に通って、仕込みや掃除を手伝っている。

「これが冬場だったら、きっと蜜柑《みかん》を山のように買い込むはずよ。女が酢っぱいものばかり食べたがるのは、おめでたと決まってるじゃないの」

二

——これは驚いた——

季蔵は目を丸くした。

――あの豪助も父親になるのか――

豪助は家族の縁が薄い。小悪党の父親は所払いとなり、頼りにしていた母親も、子持ちであることを隠して水茶屋に勤めたのが運の尽き、出遭《であ》った男と、手に手を取って駆け落ちしたと聞かされている。

親戚中をたらい回しにされた豪助は、孤児同然であることがどれだけ辛いことか、よほど身に染みたのだろう。稼げる年齢《とし》になって船頭の仕事に就いたものの、稼いだ金はそのほとんどを水茶屋通いに費やした。

母親似の豪助は、船頭にしてはという前置きをせずとも、すれちがった町娘たちが思わず胸をときめかせてしまう美丈夫《びじょうふ》であった。だが、豪助はそんな町娘たちには目もくれようとはせず、ただただ、美しかった母親の面影を求めて、母恋しさゆえに水茶屋に通い続けてきたのであった。

「あたしね、豪助さんとおしんさん、こんな具合になっちまうのは、少し早すぎるとは思ったのよ」

今度はおき玖が少々、眉を顰《ひそ》めた。

「おれいさんのことがあってから、まだそうは時が経《た》ってないでしょう？」

梅雨の頃、豪助は突然、浅草今戸町の慶養寺そばにある甘酒茶屋みよしの婿になると言い出した。この時、甘酒屋は評判の看板娘おれいの人気で沸いていた。清楚《せいそ》なだけではなく、艶《あで》やかな大輪の白牡丹《ぼたん》の花のようなおれいに、何人もの若い男たちが血道を上げていたのである。

そこで主の善平《ぜんべい》は愛娘《まなむすめ》の婿取り宣言をした。三国一の婿を迎えて、さらなる家業の発展を願い、婿入り志願者たちに、涼み菓子の絶品作りを競わせた。

一心におれいを想う豪助から、この試練を打ち明けられた季蔵は、助力を惜しまず、出来上がった涼み菓子は善平の目に叶った。ところが、その直後、おれいは善平と共に惨殺されるという事件が起きた。

幸せの絶頂から奈落《ならく》の底に突き落とされた豪助は、何としても下手人に償わせたいという執念に燃えた。その思いは家族を一度に失った、おれいの妹おしんも同じで、二人は力を合わせて、下手人探しをするようになり、季蔵も隠れ者として動いて事件は解決した。

「豪助さんは女房にするつもりだった女を、おしんさんはおとっつぁんと姉さんを亡くしたんだもの、下手人が憎くて憎くて、何とか突き止めて仇を取りたいってことで、互いの心がすーっと寄っちまうのはわかるのよ。でも、それが一時のことだとしたら？　豪助さんが熱くなって、何とかしてくれと季蔵さんを拝み倒したのは、おれいさんのためよ」

たしかに美人画に描かれてもおかしくないおれいと、奉公していた漬物屋の漬物石のような容貌《ようぼう》の、ほのぼのとした笑い顔に、愛嬌《あいきょう》はあるものの、世辞にも美人とは言い難いおしんとは違いすぎた。どう贔屓目《ひいきめ》に見ても、水茶屋に楚々たる美女をもとめ続けてきた豪助が、惚《ほ》れぬく相手とは思えない。

「それでも、今の豪助はずっと、おしんさんの居るみよし茶屋へ手伝いに通っています」

気持ちが無ければ日々、通い続けることなど、できはしないと季蔵は思っている。

「あたしね、豪助さんにおしんさんの心太食いを聞いた三日ほど後、気になったんで、おしんさんのところへ行ってみたの。きっと豪助さんには聞かれたくないだろうから、そばの慶養寺で話をしたのよ。おしんさんね、出来た子どもは豪助さんに隠れて、こっそり生むつもりだって――。豪助さんが通ってきてくれるのも、自分とこうなったのも、おれいさんのことが忘れられないからだろうって、おしんさんは言ってたわ。あの女《ひと》らしく、涙なんて見せずにさばさばしてたけど、本当は辛いんだってわかった」

「おしんさんは豪助に気持ちを確かめたことがあるのでしょうか？」

「そんなこと、女ができるもんですか」

思わずおき玖は大声を張り上げた。

――季蔵さんときたら、料理や事件についてはあれほど鋭いのに、女心となると何って鈍いんだろう――

そもそも、おき玖が悪党とも知らずに幼馴染みの求愛に応えたのは、瑠璃への愛を貫く季蔵への想いを断ち切るためだった。清三良が急逝してしまい、おき玖の心の奥底に刺さった棘《とげ》となっていた。

「女はね、好いた相手に自分のことをどう思ってるかなんて、怖くて聞けやしないのよ」

おき玖はいつになく怖い目で季蔵を睨《にら》んで、

「たしかにおしんさんは、豪助さんが自分をおれいさんの身代わりにしてるって思い込んでる。でも、これは九分九厘の見込み。あとの一厘は、もしかしたら——って、期待をかけてるのよ。そうでないと女は生きられないものなの」

感情が溢《あふ》れて語尾が掠《かす》れた。

「豪助がおれいさんを忘れられないのは事実でしょう。けれど、九分九厘ではないかもしれませんよ。七分ほどだとしたら、あとの三分はおしんさんに向いている。おしんさんの期待が一厘なら、二分九厘も多く、豪助はおしんさんを想っていることになります」

季蔵は淡々と続けた。

——わかってないなあ——

おき玖は怒りがこみ上げてきて、

「女心の一厘の期待っていうのは、十分と同じなのよ。女は誰でも、好いた相手に自分だけを見て、想って欲しいものなの」

ついに吐き出してしまうと、

「それは少々、欲が過ぎます」

季蔵は苦笑した。

「そうかしら？」

「わたしが見るところでは、豪助はおしんさんに少なくて三分の想いがあります。おしんさんにはいつか、この三分が十分になると信じて欲しいと思います。生まれてくる子のためにも──」

「つまり、季蔵さんは豪助さんとおしんさんが、晴れて夫婦になればいいと思っているのね」

おき玖の顔がぱっと輝き、季蔵は微笑《ほほえ》んで頷いた。

「実はあたしもそうなった方がいいと思ってたの。ただ、おしんさんの話を聞いちまってから、豪助さんの気持ちについて、ついつい悪い方に考えちゃってたのよ。そういえば、おしんさん、安兵衛《やすべえ》さんの話をする時だけ、やけに幸せそうだった──」

元屋台の天麩羅《てんぷら》屋だった高齢の安兵衛は、帰った故郷で竜巻に遭い、ただ一人の肉親を亡くし、あまりの絶望ゆえに自分が誰であるかもわからなくなった。以前、暮らしていた江戸へ辿《たど》り着き、慣れぬ物乞《ものご》いをして命をつないでいたこの安兵衛に、残り物を運んで助けていたのがおれいだった。

その後、季蔵と関わって記憶を取り戻した安兵衛は、おれいの恩に報いるべく、下手人探しに協力、突き止めた相手を斃《たお》そうとして返り討ちに遭い、頭を強打、再び、一部の記憶を無くした。今度のは以前と違って、年齢相応のものだと医者も周囲も見なしている。

おしんに引き取られた安兵衛は、日々、のんびりと隠居暮らしを楽しんでいる。にこにこと笑うことが多く、不幸だったり、辛かったりしたことについては、何一つ、覚えていなかった。

「あの安兵衛さんのどんな話です？」

「安兵衛さん、毎日、おしんさんと豪助さんの前で、〝祝言《しゅうげん》、祝言〟って繰り返すんだぞうよ。そんな安兵衛さんの繰り言が困るって言ってたおしんさんの顔、少しも迷惑そうじゃなかった。うれしそうだったわ」

「それなら」

「早速、祝言ね」

おき玖は、はしゃいだ声を出して、

「二人には安兵衛さんのほかに、これといった身寄りが無いから、長屋の差配さんに、喜《き》平《へい》さんとか辰吉《たつきち》さん、勝二《かつじ》さんなんかにもここへ来ていただいて、多少は賑《にぎ》やかに祝ってあげたいわ」

履物屋の隠居喜平、大工の辰吉、指物《さしもの》師の入り婿勝二の三人は、先代の頃から、毎日のように通ってきてくれる塩梅屋の常連客で、時折、立ち寄ることのある豪助ともすっかり顔馴染みであった。特に助平を誇りにしている喜平は、その昔、天麩羅屋だった安兵衛とも親しくしていた。

「あと、田端《たばた》様や松次《まつじ》親分はどうしたものかしら？　夕涼みを兼ねて噺《はなし》の会をやった時はお呼びしたわよ。もし、祝言に呼ばずに、後で耳に入ったりしたら、何を言われるか知れやしれない」

北町奉行所定町廻《じょうまちまわ》り同心の田端と、岡っ引きの松次は昼夜を問わず、塩梅屋に立ち寄っていた。二人はおれいが殺された後、失意のあまり、塩梅屋で酒に溺《おぼ》れていた豪助や、訪ねてきたおしんから話を訊いていた。

「それから、去年の暮れに豪助さんと餅搗《もちつ》きをしたお奉行様。だけど、ここまでの大物までとなると、支度に気を使うわね。離れは花嫁花婿の控えの間にしなければならないとなると、まさか、店の小上がりで皆さんと一緒というわけにもいかないし、あの大きな身体をどこにお納めしたらいいかしら？　それにここは料理屋なのだから、何といっても料理。とびっきりの祝言の膳を出さなければ、塩梅屋の名が廃《すた》る。あの世のおとっつぁんに顔向けできない。ああ、大変、大変」

言葉とはうらはらにおき玖は嬉々としていて、

「女はね、やっぱり祝言が好きなのよ。花嫁衣装は一生に一度の晴れ姿だもの。あたし、晴れ着ばかり安く商っている古着屋を知ってるのよ。おしんさん、どれだけ、うれしいだろう――」

目を潤ませていた。

三

すっかり舞い上がっているおき玖を尻目に、

「まずは豪助と話してみます」

その翌日、季蔵はみよしに足を運んで、立ち働いている豪助に声をかけた。おしんはいつもと変わらず、休む暇もなく厨《くりや》と縁台までを行き来して、きびきびと客の応対をしている。

「豪助、話がある」

——身体に障らなければいいが——

季蔵はおき玖同様、豪助を慶養寺へと誘った。

「何だい？　改まって」

豪助は少年のようなきょとんとした表情で訊いた。

「おしんさんのことだよ」

「おしんのことって？」

豪助の顔はますます、幼げになった。

「暢気《のんき》すぎるぞ」

季蔵はおき玖に聞いた話を口にした。

さぞかし驚くかと予想したが、

「やっぱりな」

目尻に皺《しわ》を寄せて笑った豪助が、急に大人びて見えた。

「ちいとばかし早かったが、いつかそうなるとは思ってたんだ」

——何だ、そうだったのか——

豪助に父親になる覚悟があると知って、季蔵は安堵《あんど》した。

「だったら、おしんさんを不安にさせるな」

咎《とが》める口調になった季蔵に、

「おしんは勝手に、自分はおれいの身代わりにされてるって思い込んでるんだよ」

「多少はそれもあるんじゃないのか？」

「ちぇっ、兄貴までおしんの味方かい」

豪助は苦い顔をした。

「違うのか？」

「俺もね、おしんを抱く前はきっとそうなんだろう、あのおれいを忘れられっこない、おしんに悪いことしちまうって、これでもずいぶん、くよくよしたもんだった。けど、おしんとそうなって、こりゃあ、違う、俺にとっちゃ、女はおしん一人だってはっきりわかった。理屈じゃねえ。初めての夜、こいつがおっかさんで、俺がおとっつぁんって子どもに呼ばれる、そんな夢も見たんだよ」

豪助はしみじみと言った。

——そうだった。豪助がもとめていたのは、家族が寄り添って暮らす温かな家庭だった
——

「よかった。何よりだ」

「回り道をして、水茶屋に銭も使ったが、おしんはやっとこれだと思った相手なんだが
——」

豪助は今一つ浮かない表情を見せた。

「おまえの気持ちがそこまで固まっているのなら、困ることなどありはしないだろう」

季蔵はそろそろ祝言の話をしてもいい頃だと思った。

「ところがおしんときたら、俺の気持ちがとんとわからねえみてえなんだ」

豪助は勢いよく眉を上げげた。

「一度、きちんと話してみてはどうか？」

「とっくに話したさ——」

豪助は呆れ顔で季蔵を見た。

「でも、おしんは、〝いつかあんたの夢は覚める、だって、あたしは姉さんじゃないんだもの。あたしと姉さんがどれほど違ってたか、あんただってわかってるでしょう？〟って、頑固に繰り返すばかりなんだよ」

——やはり、女心はわからない——

季蔵は途方に暮れかけたが、ふと思いついて、

「姉妹の気性は似ていなかったのか？」

「うーん」

豪助は首をかしげた。

「おれいは素直で優しい一方の大人《おとな》しい娘だった。おしんの方はあの通り、ちゃきちゃきで、女にしとくのが惜しいほど性根がすわってる」

「おまえ、おれいさんのところへの婿入りを決意する前は、うちのお嬢さんに惹《ひ》かれてい

いたが――。

だった。水茶屋の人形のような美少女への想いとは、断固、別であることだけはわかって

豪助は永くおき玖に想いを寄せてきた。これは当の豪助にも理解できない不思議な感情

「う、うん、まあ」

たろう?」

「どちらかといえばおれいさんは、水茶屋美女だが、お嬢さんの気性はおしんさんに通じる」

「たしかに俺はおき玖ちゃんの気性に惚れてたんだと思う」

認めた豪助だったが、

――けど、すっぱり、おき玖ちゃんを諦《あきら》めたのは甲斐《かい》がねえとわかったからだ――

おき玖の季蔵への想いに気づいていた。

――可哀想《かわいそう》に、知らぬは兄貴ばかりだぜ――

「お嬢さんの気性を好きだったおまえが、似た気性のおしんさんにぞっこんになった。これを繰り返し、おしんさんに話したら、なるほどと思ってくれるのではないかと思う」

「まあ、やってはみるよ」

頷いた豪助だったが、

――おしんは自分が父親似で器量が悪いことを気に病んでいる。俺と契《ちぎ》るようになってからはなおさらだ。おれいのほかにおき玖ちゃんまでとなったら、おしんの悋気《りんき》はどれほ

どのものになるか――。第一、おき玖ちゃんと気性は似ているかもしんねえが、見た目は月とすっぽん。何より、身体が大事な時だし、父親になる覚悟だけ話して、おしんにはもう、何も言わねえ――

季蔵の助言に従う気はなかった。

――兄貴に弱味があるとしたら、女心に疎《うと》すぎることだな――

おき玖と同様の感想を抱いた。

「ところでけじめの祝言だが――」

季蔵はやっと切りだした。

「お嬢さんがどうしても、挙げさせたいと言ってる」

「どうしてもかい？」

豪助は再び苦い顔になった。

「おめでたいことだし、おしんさんだって喜ぶだろう」

このあたりはおき玖からの請け売りである。

「実は俺も一度は口に出したんだ。はじめての時だった」

――真剣そのものではないか――

季蔵は豪助の想いの深さが好ましかった。

――これでおしんさんも幸せになれる――

「けど、その時おしんは、〃そんな晴れがましいことをしたら、あの世できっとまだ、あんたを想ってる姉さんに恨まれる。祟《たた》られて悪いことが起きる〟って、青くなって、首を横に振り続けてた」

「そんな……」

「それでいて、どこそこの誰々が祝言を挙げたと聞くと、しばらく、気もそぞろで客の注文を間違えたりするのさ」

――またしても、果てしなく不可解な女心だな――

季蔵がため息をついて、

「祝いは当人たちの幸せのためにある。おまえたちの好きにしろ。お嬢さんには事情を話しておく」

祝言の計画を取り下げようとすると、

「祝言話で注文を間違えるのは、それだけ、気にかかってるってことだよ。俺はおしんのためにもやってやりたいと思ってる。もちろん、あいつが気に入るようにしたい」

あわてた豪助は、これこれしかじかと、自分たちの祝言についての案を話し始めた。

塩梅屋に戻った季蔵は、豪助のこの案をおき玖に伝えた。

「まあ、何？　晴れ着は無しで、花嫁花婿は普段着姿ですって？」

開口一番、おき玖はがっかりして肩を落とした。

「豪助さんの紋付き袴《はかま》姿、たいそう見栄《みば》えがしたでしょうに――」

思わず口に出してしまい、あわてて、

「綿帽子を被《かぶ》ったおしんさんの可愛《かわい》い花嫁姿だって見たかったわ」

言い添えた。

「おしんはね、今でも俺と人前で並ぶのを嫌がるんだ。器量が釣り合わねえ、恥ずかしいって――。だから、俺たち、人前でのお披露目はしねえよ。三三九度の盃《さかずき》だけ、兄貴とお き玖ちゃんに頼みてえ。そうすりゃあ、おしんに俺の気持ちがちっとは伝わるだろ」

豪助の感じているおしんの心の有り様を伝えると、

「おしんさんの気持ち、わからないこともないわ。豪助さんと添いたい、添えないにしても、お祭りや花火見物に一緒に行きたいっていう女、あたし、何人も知ってる。孫娘が熱を上げてるから、是非是非、会わせてくれって、お客さんから頼まれたことまであるのよ。それほど人気の豪助さんだったから、おしんさん、今、自分に起きてることが、夢みたいで信じられないんだと思う。夢なら覚めないでいてほしいって――」

おき玖はしんみりと言った。

「祝言は豪助の言う通りにするとして、料理だけは、最高のものを拵《こしら》えてやりましょう」

季蔵の言葉に、

「そうは言っても、豪助さんは、料理と引き出物を一緒にした、かど飯の折り詰めにしてほしいっていうんでしょ？　祝言に賄《まかな》いのかど飯はねえ――」

おき玖は頬杖《ほおづえ》をついた。

かど飯というのは、醤油《しょうゆ》味に炊いた飯に焼きさんまの身を混ぜ込んだものである。本来は客に出さない賄い料理ではあったが、安上がりの上、たいそう美味《うま》いので、毎年、この時季になると、昼時にどっさり拵えて、馴染みの客たちに振る舞われる。

四

「賄いのかど飯は、おとっつぁんの代からの年中行事みたいなもんだから、それと祝言の料理を一緒にするのはどんなものかしら？　たしかにかど飯は美味《おい》しいけど、さんまの匂《にお》いは強すぎるし、祝言の料理ともなると、重みというか、そこそこ豪華さがほしいわ」

さんま飯をかど飯と呼ぶのは、脂の乗ったさんまを焼き上げるには、もうもうと立ちこめる青い煙を覚悟し、七輪を庭の隅に準備しなければならないからであった。

おき玖は相づちをもとめるように季蔵を見た。

「豪助はわたしたちに頼らず、自分で払いをするつもりなのでしょう」

――茶屋通いが盛んだった頃も、豪助が他人《ひと》に金を借りたという話は聞いたことがない

「そんな水臭い――」

「あれで豪助は苦労人ですから」

「それじゃ、季蔵さん、豪助さんの持ち合わせで、祝言の料理を仕上げるつもりなのね」

「ええ」

「やっぱり、折り詰め？」

「豪助はなるべく沢山の人に折り詰めを配りたいと言っていましたから」

「折り詰めで最高の料理ができるものかしら？」

「料理は形じゃありません。祝言の形と同じです。晴れ着を着なければ、祝えないというものではないのです」

季蔵が言い切ると、

「そうだったわね」

おき玖はうなだれた。

「心さえあれば——」

「どうやら、心づもりがあるようね」

おき玖は息を詰めて、季蔵の言葉を待った。

「とっつぁんの遺《のこ》した日記に〝よりみ川〟というのがありました。これは餅菓子で、何百年も前に唐《もろこし》から伝わったものだそうです。まずは、上新粉を使って、そのまま水を加えたものと、山梔子《くちなし》で黄色く染めたものの二種類の生地を作ります。それをひも状に伸ばして、二本を組み合わせて縒《よ》り合わせ、棒状にしてから人差し指ほどの長さに切ります。蒸籠《せいろう》で蒸し上げて仕上げるとありました」

「覚えてるわ。おとっつぁんが子どもの頃、よく拵えてくれたお菓子だもの。ちっとも甘くないって文句を言うと、とっておきの白砂糖か、それが無い時は水飴《みずあめ》をかけてくれたわ。

「そうか、あのお菓子、〝よりみ川〟っていったのね」

おき玖はなつかしそうに〝よりみ川〟を思い出した。

「川というものは、山にぶつかって、自然と、曲がりくねって、滔々《とうとう》と流れ続けるものです。〝よりみ川〟は、そんな二本の川が一つに合わされています。二本の川が合わさるだけなら、所詮《しょせん》は水ですから、一本の川になるだけですが、〝よりみ川〟のように、白と黄色、色が変えられていれば、そうはならずに、互いを引き立て合っています」

「わかった」

おき玖は手をたたいた。

「〝よりみ川〟は、川ではなく、互いに助け合い、寄り添って生きていく夫婦に、例えられているかのようだって〟季蔵さんは言いたいのね」

季蔵は頷く代わりに微笑んで、

「それで、祝言の折り詰めは、その〝よりみ川〟にあやかった赤飯にしてはどうかと思いまして――」

「だけど、お赤飯はその名の通り、赤一色よ」

おき玖は首をかしげた。

「ただ糯米《もちごめ》をそのまま蒸し上げれば――」

「紅白飯ね」

叫んだおき玖に、

「〝よりみ川〟のように、曲がった川を模して詰め合わせようと――」

「それ、凄《すご》い‼」

おき玖は目をきらきらさせて、

「料理が形じゃないのはわかってるけど、その詰め合わせ方は粋の骨頂。そこまでの赤飯なんて、そんじょそこらにあるもんじゃない――」

満足そうに頷いた。

こうして、豪助とおしんの祝言は紅白飯で祝われることとなった。

「赤飯はおいらに任せてください」

下働きの三吉《さんきち》がかって出た。

雇い入れた頃は、使い走りや皿洗い、水汲《みずく》みばかりしていた三吉も、このところ、ぐんと腕を上げてきている。

自分の家でも試すことのある赤飯は、三吉の自慢料理の一つであった。

「天下一品の赤飯を蒸してみせます」

季蔵とおき玖が仲人《なこうど》代わりをする祝言の前日、三吉は赤飯作りに取りかかった。

糯米を研いで笊《ざる》に上げておく。

当日、洗って鍋に移した小豆《あずき》をたっぷりの水を加えて火にかける。八分通り、柔らかくなるまで茹《ゆ》でる。

「これはぜんざいなんかと同じかね」

塩梅屋には、豪助が祝言を挙げると聞いた安兵衛が押しかけてきていた。

「近々豪助さんとは身内になるんだ。引き出物の紅白飯とやらが、みっともねえもんだと恥ずかしいからね」

辛いことは一切覚えていない代わりに、祝い事など楽しい成り行きと、食べ物には目のない安兵衛は、どうやら、三吉の赤飯作りを見張るつもりのようであった。

「ぜんざいと一緒にしてもらっちゃ困る。こっちのがよほど大変なんだ」

三吉は安兵衛を見据えた。

「決して強火で煮ちゃあなんねえ。小豆の腹が破れて見た目だけじゃなく、縁起も悪いから。豆の煮え具合は嚙《か》んでみて、固いが食べられるくらいでいいんだ。このあたりがむずかしいんだよ」

なるほどと頷いた安兵衛は、しばらくすると、右手の平を三吉に差し出した。

「食い意地が張ってるなあ」

観念した三吉は安兵衛の掌に小豆を一粒置いた。

口に入れた安兵衛は、

「まあまあってとこだろう」

にこりと笑い、思わず、笑い返してしまった三吉は、気がついて丸い顔を四角に引き締めると、

「これで煮るのが終《しま》いってわけじゃねえ。ほら、こうして——」

木べラを使って、鍋の中の小豆を大きく掻《か》き混ぜ続けた。

「それにも意味がありそうだね」

安兵衛は木べラの動きに見入っている。小豆の一粒、一粒が何度も、鍋の煮汁から木べラで持ち上げられる。

「豆のツヤがよくなるんだよ」

「そりゃあ、大事なこった」

この後、鍋の中身は、笊に上げた小豆と煮汁に分けられる。

煮汁には頃合いの水を足して、一刻（約二時間）ほど糯米を浸しておく。

これに少々の砂糖を加えて火にかける。煮たってきたら、木べラで鍋底を剝《は》がすように、優しく混ぜながら、強火で煮て、水分を全部糯米に吸わせる。

「焦げねえようにしろよな。焦げねえように――木べラをもっと達者に使えないのかねえ？」

安兵衛はしきりに案じ、

「そんなこと言ったって、ここで粘りを出しちゃ、失敗なんだよ」

緊張のあまり、滝のような汗を流している三吉の額に手拭《てぬぐ》いが押しつけられた。

仕上げは、小豆色に染まった糯米を蒸し布で包んで、蒸気が上がっている蒸籠に入れるだけであった。四半刻（約三十分ほど）が目安である。

三吉が安兵衛とかけ合うように取り組んでいる最中、季蔵は黙々と糯米を蒸し上げていた。

小豆の入らない白い方は、ただ、昨夜準備した糯米を蒸し上げるだけのことだから、易々《やすやす》と終わる。

その間、日本橋は小網町で廻船問屋《かいせんどいや》を営んでいる長崎屋五平《ながさきやごへい》からの使いの者が訪れた。嘶家になろうとして勘当されたこともある長崎屋五平は、またの名を松風亭玉輔《しょうふうていたますけ》と言い、季蔵を通じて豪助とも顔見知りであった。

五平は、その豪助が祝言を挙げると聞くと、

「〝よりみ川〟を祝言や夫婦に例えたのは、何とも、江戸っ子らしい粋だね。嘶にしたいくらいだ」

どうしても、何かさせてほしいといってきかず退かず、頑固者の豪助も、とうとう折れて、

「松風亭玉輔の粋心を祝いにもらうことにするよ」

渋々承知した。

使いの者が恭《うやうや》しく捧げ持ってきたのは、出入りの組紐屋《くみひもや》が届けてきたと思われる、それぞれ房の付いた紅と白、二対の絹紐であった。これが五十組ほど揃《そろ》っている。

「特製の折り箱はとっくに届いてるわ」

おき玖はいそいそと、杉で出来た折り箱をまず一つ持ってくると、左右の留め具に紅白の組紐を通して結び、

「早くここに、〝よりみ川〟の紅白飯が寄り添うのを見たいわ」

興奮気味に言った。

そして、ほどなく、三吉の赤飯を味見した季蔵は、

「よし、いい出来だ」

にっこりと笑った。

五

季蔵は白と紅の飯を折り箱に詰め始めた。

「いいか、よく見てろよ」

念を押されて、三吉は、緊張した面持《おもも》ちで、水で濡《ぬ》らした箸《はし》を手にした季蔵の手許《てもと》を見守っている。

「まずは赤飯からだ。折り詰めを画を描く紙だと見なして――」

折り詰めの縦半分を赤飯で満たしておいて、

「川の形を作る」

「練り切りの要領だね」

三吉はほっと胸を撫《な》で下ろした。色とりどりに染めた練り切りで、桃太郎やはなさか爺さん等を拵えた時を思い出していた。

季蔵は詰めた赤飯を箸で、三日月に近く、くっきりと蛇行した川の形に寄せた。如何《いか》に

も流れの早そうな川で、水面には小豆がぽつぽつと浮き出ている。

赤飯の蛇行部分に、添うようにして白飯を詰めて仕上げる。赤飯の中から小豆を一粒取ってその上に乗せると、それだけでも紅白であった。

「お見事。これで、おめでたさが重なったわ」

おき玖が感心した。

こうして引き出物の紅白飯は、蓋《ふた》がされて、立派な紅白の紐が結ばれ、祝言の後、おおむね塩梅屋の客であると言っていい、豪助たちの知人に配られた。

季蔵とおき玖が仲人代わりを務めて、豪助とおしんが三三九度の盃を交わした時、

「美味《うめ》えな。酒がこんなに美味いもんだと今まで知らなかったぜ。いい亭主でかっこいい親父《おやじ》になるぞ」

豪助の顔は晴れやかそのものだった。

「あ、あたしはもう――」

おしんの言葉はそれだけだった。

「うれしいけど、豪助さんと添えるなんて、夢みたいで、それに姉さんに悪くて――」

涙が止まらずにいた。

「そんなことないわ。物乞いだった安兵衛さんを助けてたおれいさんだもの、おとっつぁん、おっかさんと同じくらい、おしんさんの幸せを願ってるはずだわ」

おき玖も目頭《めがしら》が熱くなった。

「祝言、祝言」

安兵衛も目を潤ませてはしゃいだ。

祝言の翌日、季蔵は残しておいた紅白飯の折を携えて、長次郎の眠る蓮華寺《れんげじ》へと足を運んだ。

豪助は季蔵が塩梅屋で修業すると決めた時にはすでに、ほぼ毎日、浅蜊《あさり》や蜆《しじみ》を売りに押しかけていたのである。

豪助の浅蜊や蜆の売値が高く季蔵は内心、よからぬ魂胆だと憤慨したが、なぜか、長次郎は言い値で買っていたことがあった。

「いいのですか？」

思い余って訊いた季蔵に、

「おおかた水茶屋の払いが溜《た》まって苦しいんだろうさ。一度、茶屋勤めをしていた母親の話を聞いたことがある。それで、まだ、大人になりきれず、茶屋娘だった母親を追い求めているんだ。この先、当分は続きそうだが、今のあいつには、それしか生き甲斐がないようだから仕様がない。なに、そのうち、母親にも茶屋娘にも見切りをつけるだろう。それまでの辛抱だよ」

長次郎は苦笑した。

紅白飯を墓前に供えて季蔵は、

——とっつぁん、案じていた豪助も、やっとふさわしい相手を見つけました。安心してください――

　心の中で話しかけて手を合わせた。

　蓮華寺を出た季蔵は心地よい風に誘われて何となく塩梅屋への道とは逆の方向へ歩きだした。しばらく歩くと人家が少なくなり、田畑が続く。どこまでも続く一本道の先には、咲き乱れる野生の萩《はぎ》の花が、清らかな別世界をつくり出していた。

　――瑠璃は萩の花も好きだった――

　足を止め、一面の薄桃色に見惚《みと》れかけていると、目の前を黒い影が飛んだ。

　――何なのだ？――

　緊張して身構えた季蔵はもう萩の花を見ていなかった。

　するとほどなく、半町（約五十メートル）先の一軒家から、ごろつきと思われる三人の若者が走り出してきた。

「野郎――」

「逃げるな」

「賭場《とば》から勝ち逃げするなんたあ、ふてえ根性だ。よくよく、痛めつけてやったてえのに――」

　知らずと季蔵は行く手に立ちはだかっていた。

「邪魔だ」

「どけ、どけ」

「どけってえんだ」

「これはご無礼を――」

季蔵が道を空けたのは、さっきの影のように見えた者が、もう逃げ延びたはずだと思ったからである。

――あれほど、すばしっこかったら大丈夫だろう――

「まだ、そう遠くへは行っちゃあいるめえ。何とか、捕まえねえと――」

「行くぜ」

「おうよ」

三人は再び駈《か》けだした。

――萩に博打《ばくち》とはまた、風情のない話だ――

季蔵は瑠璃のための萩の花を摘む意欲が失《う》せて、もと来た道を引き返した。

途中、草むらがさっと動いた。

――風か？　それとも？――

足を止めて、気になった場所の萩を掻き分けると、髷《まげ》を結い、前髪を垂らした少年が、膝《ひざ》を立てて座っている。

――さっきの影の正体か？――

こんな年頃の者が賭場へ出入りしているとは、考えにくいことではあったが、ちらと季蔵に向けたその目は奇妙に大人びていた。警戒と憎悪で満ちている。

——なにゆえ、さっきのように飛ぶようにして逃げようとはしないのか？——

季蔵は少年の視線が、脇の草むらに注がれていることに気がついた。

罠《わな》に足を取られ、血を流して震えている子猿が目に入った。

——わかった。一人ではうまく罠をはずせないんだな。それで逃げようとしないのだ
——

「この猿の飼い主なのか？」

季蔵は訊いてみた。

——ここは、山里ではないのだから、猿が住みついているわけなどない——

「誰かが仕掛けたキツネかタヌキを捕える罠にやられたんだな。このまま放っておくと、罠が食い込んでますます傷が深くなる。命を助けたければ手伝わせてくれ」

相手が頷いたように見えたので、季蔵と少年はゆっくりと慎重に罠を外しにかかった。

手拭いを裂いて傷口を縛る際、痛みに耐えかねたのか、キーッキーッと猿がさらに鳴くと、少年は挑むかのように立ち上がって、屈《かが》み込んでいる季蔵を見下ろした。

季蔵は、はっとして相手を見上げた。襲われるかもしれないと思ったからである。

——わたしとしたことが——

今にも匕首《あいくち》が降ってくるのではないかと、一瞬息を呑《の》んだが、相手は両手をぶらぶらさせたままでいる。杞憂《きゆう》だった。

少年は股引《ももひき》を穿《は》いて、藍色と白の大きな縞模様《しまもよう》の小袖《こそで》を端折《はしよ》っている。女物の細めの赤

い帯を結んでいた。

髪型といい、市中ではあまり見かけない姿であったが、小柄で華奢《きゃしゃ》な身体つきに不似合いではなかった。

相手は季蔵が抱いている小猿に手を伸ばした。

「小吉《こきち》」

その声は意外に優しかった。

「傷口は縛って血を止めただけだ。膿《う》んだりしないようにするためには、家に置いてある膏薬《こうやく》を使ってやりたい」

季蔵の言葉は聞こえているはずだったが、

「小吉」

相手の両手は差し出されたままである。

「さあ――」

季蔵は小吉を少年に返すと、

「これからわたしは家に戻る。付いてくれれば、小吉の手当を続けるつもりだ」

と言って歩き出した。

その後、しばらく、季蔵は後ろに気配を全く感じなかった。

――付いてはきていないな――

後ろを振り返ると姿はない。

それでも、なぜか、気にかかって、三度、四度と振り返って確かめる。

やはり小猿を抱いた少年はいなかった。

季蔵はよほど家には戻らず、塩梅屋へ向かおうかと思ったが、

――もしもということもある――

銀杏《いちょう》長屋へと歩き続けた。

この間、ついてくる気配は全く感じられなかった。家の油障子を開けて、中へ入り、振り返って閉めようとすると、何と少年が立っていた。挨拶《あいさつ》の代わりなのか、抱かれている小吉がキキキッと鳴いた。

六

「それでは治療を続けよう」

畳に上がった季蔵が手招きしたが、少年は土間に立ったままである。

――相変わらず用心深いな――

季蔵は薬箱の中にしまっておいた膏薬を取り出して土間に下りた。

「さあ」

小猿を抱き取ろうとしたが、膏薬の匂いが嫌なのか、キキッとまた鳴いて、頭を横に振った小吉は少年にしがみついた。

「これを付けてやらねばならない」

季蔵の言葉に少年は応えようとはせず、その視線は畳の上の目笊に注がれている。目笊の中身は今日の朝、茹で上げて朝餉《あさげ》代わりにした衣《きぬ》かつぎであった。まだ、五つ、六つ残っている。

衣かつぎとは皮付きの里芋のことである。皮の付いたまま茹でて、剝きながら、塩を付けて食べる。初物の衣かつぎには、この時季ならではの見た目が何とも、小さく可愛らしいものもあり、料理屋で出す先付けや、中秋の月見に供物として好まれている。

「里芋は小吉の好物か？」

少年は黙って頷いた。

「それでは、これを食べさせて治療をするとしよう」

季蔵は小吉の両手に衣かつぎを握らせると、素早く、足に巻いた布を取り除いた。

「しっかり、押さえていてくれ」

焼酎《しょうちゅう》を口に含んで傷口に吹きかける。

「キキィー、キキィー、キキキキキ」

小吉は火のついた赤ん坊のように鳴いた。ただし、手にしている衣かつぎは決して放さない。

この後、膏薬をたっぷりと塗り込むと、綺麗な手拭いを裂いて患部に巻きつけた。

「終わった。よく頑張ったな」

季蔵は話しかけたが、小吉はそっぽを向いたまま、

「キィーキ、キィーキ」

哀れっぽい鳴き方をしながら、衣かつぎの皮を剝き始めた。

「あと四つ残っている。食べるか？」

季蔵は少年に訊いた。

少年は残りの衣かつぎと小吉を交互に見た。

——自分は食べないで、小吉に食べさせるつもりなのだな——

賭場に出入りするにはふさわしくない気の優しさだと季蔵は思った。それで、

「なにゆえ、あのような場所で追われていたのだ？」

訊かずにはいられなかった。

これには射るような強い視線が返ってきた。

——余計なことを訊くなというのだな——

この時、小吉が飼い主の腕の中で跳ねた。少年は両手を振りまわし、あわてて取り押さえようとした。その弾みに片袖から小判が三枚、四枚、五枚——ばらばらとこぼれ落ちた。十枚はあったろう。

誰でも目を奪われる黄金色である。

少年は蒼白に顔色を変えたものの、立ったままで拾おうとしない。季蔵の目を鋭く見た。

季蔵は拾わずに言った。

「これはそっちの持ちものだ」

衣かつぎの入った目笊の脇へと着地した小吉は、両手を動かして器用に衣かつぎを貪《むさぼ》り食っている。

――賭場のごろつきに追われたのは、身なりが変わっていたからでも、負けが込んだからでもなかったのだ。あいつらが言ってた通りの勝ち逃げへの嫌がらせで、力に任せて、取り上げるつもりだったのだろう――

「どうした？」

少年は片腕を庇《かば》って立ち尽くしている。僅《わず》かだが、表情に苦悶《くもん》が滲《にじ》んでいる。

「どこか、痛めたのだな」

季蔵はごろつきたちが、あれほど痛めつけたはずなのにと言っていたことを思い出した。

「この小吉よりもよほど、痛むのではないか？」

少年は油障子の戸口を見た。足が前に進みさえすれば、とっくに走り出ていただろう。

だが、当人のその思いとは裏腹に、がくりと膝が折られて、崩れ落ちた。

「キキキキッ」

小吉が衣かつぎを放り出して、急いで走り寄った。

「キイーッ、キイーッ」

季蔵を威嚇するように歯を剝き出す。

「おまえと同じで飼い主も具合が悪い。ここは助けがいるんだ」

季蔵は諭《さと》すように言い聞かせると、少年の身体を畳に上げた。精も根も尽きたのか、まだ気を失ったままでいる。

「これから手当をする。そこで見張っていろ。悪さはしない」

季蔵は少年の小袖の片袖を脱がした。

――これは――

思わず目を転じたのは、胸に膨らみがあったからである。

――女だったとは――

庇っていた片腕は思った通り外れていた。

――こんな時に、武士だった頃の道場通いが役に立つとは――

堀田季之助だった季蔵は、剣術の稽古の際に、外れた腕を元に戻す術を学んでいた。腕が外れては剣を持つことができない。武士たるもの、この術は不可欠なものであった。

――大丈夫。あの術はまだ忘れていない――

ふーっと大きく息を吸い込むと、季蔵は思い出すままに、外れた腕を肩に戻した。

一瞬、少年のようにしか見えない娘は意識を取り戻した。変わらず、警戒と不可解な憎悪の目である。

「キキ、キキ」

枕元の小吉はうれしそうに鳴いた。

ただし、娘の目は熱で潤んでいて、額からは夥《おびただ》しい汗が流れ落ちている。

季蔵は赤く腫《は》れ上がっている裸の片胸を見ていた。

「これには腫れを取る膏薬がいるし、熱も下げなければならない」

聞いた娘は畳から頭を上げようとした。立とうとして足にも力を入れた。しかし、どちらも上がらず終いで、

「医者に診せるのが一番だ」

娘はこれ以上はないと思われる強い目で季蔵を睨みつけると、頭を横に振る代わりにぺろりと舌を出し、歯で嚙み切る真似《まね》をした。

「キキィ、キキィ」

小吉がまた威嚇した。

「わかった」

季蔵は乏しい薬箱を漁《あさ》った。

「あいにく、ここにあるのは、熱冷ましの煎《せん》じ薬だけだが、それでいいか？」

娘は初めて頷いた。

季蔵が湯を沸かし薬を煎じて飲ませると、ほどなく娘は深い眠りについた。

小吉は夜着《よぎ》を着せかけられた娘のそばを動かない。

「ううう――」

時折、娘は眉根を寄せて痛みを訴えた。

――殴りつけられた場所が痛むのだろう。悪くするとあばら骨の一本や二本、折れているかもしれない。せめて井戸水で冷やしてやりたいのだが――

季蔵は気がかりだったが、相手が娘と知った今は、小袖をすべて脱がせて、両胸を露《あら》わにさせるのは気が引けた。

それに、仕込みはこのところ、三吉に任せることが多いとはいえ、そろそろ、店を開けなければならない刻限である。

「しっかり、見ていてやってくれよ」

季蔵は小猿に話しかけて家を出た。


この夜遅く、季蔵が店の片付けをして戻り、娘の額に手を当ててみると、幸いにも熱が引いていた。

眠り続けている娘は、もう、呻《うめ》いたり、眉根を寄せたりはしない。

——よくなってきているようだ——

小吉は娘に頬ずりするような仕種《しぐさ》で添い寝している。

——仲がいいな——

思わず季蔵は微笑んだ。

その後、季蔵は落としたまま放り出されている小判を娘の枕元に積み上げると、枕屏風《びょうぶ》を立て、屏風の向こう側部屋の隅で胡坐《あぐら》をかくと壁にもたれた。

娘の息遣いが聞こえてくる。

行きかがり上とはいえ、若い娘と一つ屋根の下で夜を明かすことは初めてである。

――まだ、名も知らぬ娘だ――

おかしなことに飼われている子猿の方は、小吉という名だとわかっている。

――どうして、娘があのような形《なり》をして、風のように走り、足音一つたてずに歩くことができるのか？――

伊賀のくの一など、忍びの者なら考えられないこともなかった。

――とすると、子猿も手裏剣代わりといったところか――

季蔵は目が冴《さ》えて眠れない。

――しかし、くの一だとして、なにゆえに賭場で荒稼ぎをするのか？　賭場荒しがくの一の役目とはとても思えない――

明け方になって、やっとうとうとし始めると、賭場で両肌《もろはだ》を脱ぎ、勝負に挑んでいる娘の夢を見た。

きっちり胸に巻いた白い晒《さらし》を、喉《のど》から吹き出た血潮が染めている。

「こんなことをしていてはいけない」

そう叫んで飛び起きた季蔵の前に、前を裸《はだ》けた女体が立っていた。

――これは夢ではない――

赤かった両胸の打ち身が、痛々しい紫色に変わってきている。

――こんな身体で――

唖然《あぜん》としている季蔵を尻目に、着物がするすると落ちながら、くるりと背中が回った。

七

——やはり、夢か——

背中一面に見事な彫り物があった。

口元に笑みを湛《たた》えた、慈悲深い表情の観音菩薩《ぼさつ》像である。上に向けた掌に、大小の丸い菓子のようなものを二つ載せている。

——なにゆえ、娘がこのような彫り物を——

それとも、やはり、これはくの一の術なのだろうかと、疑い始めたところで、急に瞼《まぶた》が重くなった。

ぱらぱらと白い粉のようなものが宙を舞っていて、何やら、枯草の匂いがたちこめている。

——傷や熱の手当の薬は持ち合わせずとも、人を眠らせる薬は持っていたのだな——

そう思ったのが最後だった。

ちゅんちゅんとうるさく、日溜まりで餌《えさ》を探しまわる雀《すずめ》の鳴き声で、やっと季蔵は目を覚ました。

「いかん」

思わず声に出した。

すでに陽が高く、とっくに五ツ（午前八時頃）は過ぎている。

娘と子猿の姿はすでになかった。座敷には夜着が畳まれていて、その上に落とした小判が十枚載っている。

鍋と竈《かまど》を使った痕《あと》があり、茹でずに籠《かご》に残してあった里芋が消えていた。炭で油障子に書かれた文字には、

ありがとう　　　　　お利《り》う

とあった。

――お利うという名だったのか――

季蔵はお利うの洗い上げて伏せてある鍋を見つめた。

――ああ見えても、料理をしたことがあるのだ。だから、里芋についてもよく知っている――

里芋を持ち去ったのは小吉の好物ゆえであろうが、わざわざ茹でたのは、生では小吉に食べさせられないと、わかってのことだと季蔵は思った。

生の里芋には毒がある。うっかり、大和芋《やまといも》の要領で口にすると、口中や食道が爛《ただ》れて、治るのに時がかかる。

薬で眠らされたせいか、ずきずきと頭が痛んだ。

――手当の礼にしては多すぎる――

季蔵はお利うに出遭えたら返そうと決めて、薬箱に小判をしまうと、外の井戸端へ出て

じゃぶじゃぶと顔を洗った。

すぐに隣り近所のおかみさんたちに取り囲まれる。

「お客さんとは珍しいね」

――お利うは帰る姿を見られていたのか――

季蔵は内心、ぎょっとしたが、

「親戚かい？」

「弟かい？」

「きっと積もる話があったんだろうよ。季蔵さんが寝坊するなんて、こりゃ、お天道様が西から上がるよ」

好奇心丸出しの言葉が降ってきた。

季蔵はにこにこと笑って、

「深酒はいけませんね」

片手を額に当てた。

四ツ半（午前十一時頃）ちょうどに塩梅屋の戸口を開けると、

「よかった、季蔵さんだ」

「あら、あら、やっぱり――」

おき玖と三吉が顔を見合わせた。おき玖は呆れ顔である。

「あんまり遅いから心配してたのよ」

「すみません」

「誰かに頼んで様子を見てもらってこようと思ったんだけど、豪助さんが大丈夫だっていうもんだから――」

「豪助が？」

「豪助さん、今日から浅蜊売りをまた、始めたのよ」

「祝言を挙げて間もないというのに――」

季蔵は渋い顔になった。

――豪助の奴、父親になるというのに、いつもの悪い癖が頭をもたげたのか――

「違うのよ、今度のは茶屋通いのためなんかじゃない。子どもにはきっとお金がかかるだろうから、多少は貯えておかなくっちゃって――」

――親心からだったのか――

「それはよかった」

季蔵は胸を撫で下ろした。

「それで豪助さん、前みたいに季蔵さんのところへも寄ったんですって」

――気がつかずに眠りこんでいた。お利うと会ったのだろうか？――

季蔵は思わず、探るような目をおき玖に向けた。

「声をかけたけど、大きないびきが聞こえたんで、寝てるんだろうと思って中には入らなかったそうよ」

「そうだったんですね」

ひとまず、季蔵はほっとした。

「豪助さん、近所の人たちから、お客さんが来てて、夜、遅かったって聞いて、おおかた、つきあって、不慣れな深酒でもしたんだろうって――」

その通りですと言いかけた季蔵だったが、不審な顔のおき玖は、

「それにしちゃあ、季蔵さん、お酒の匂いがしないわね」

鼻を蠢《うごめ》かして首をかしげた。

「井戸の水で何度も口を漱《すす》ぎましたから。酒の匂いなぞさせて、包丁を握ったら、とっつあんが化けて出て、こっぴどく叱《しか》られてしまいます」

料理人たるもの、食べ過ぎず、飲み過ぎずが長次郎の訓示であった。

「ところで、そろそろ、今年もお月見のお料理を考えないといけない頃ね」

秋には月見が目白押しにある。涼やかな夜気の中で虫の声を耳にしながら、月を愛《め》でるこの行事は江戸っ子の風流の極みであった。

供物は石臼《いしうす》でひいた米粉を練って蒸し上げた団子のほかに、柿、栗、葡萄《ぶどう》、枝豆、里芋の衣かつぎを盆に盛り、尾花、女郎花《おみなえし》を飾る。

「里芋料理はどうでしょう?」

季蔵は茹でた衣かつぎの入った目笊をじっと見つめていたお利うの目を思い出していた。

――ねらいをつけているような鋭い目ではあったが、ただただ、小吉に食べさせたいが

ためだった――

あの必死な様子を忘れることができそうにない。

「お供物に衣かつぎがあるから、またかと思われないかしら？」

おき玖は難色を示した。

「芋なら、おいらは唐芋《からいも》の方がいいな」

薩摩《さつま》芋は唐芋と呼ばれていた。唐芋もそろそろ旬を迎える。

「たしかに唐芋は人気だわね」

甘みの強い唐芋は間食にも向いていて、女子どもに大変な人気であった。

「このところ、唐芋人気で、里芋がないがしろにされているような気がするのです」

甘藷《かんしょ》（唐芋）百珍（寛政元年、一七八九年）という、唐芋を使った美味しい料理法を記した本も出ている。

「そういえば、里芋百珍なんて本はないわね」

「里芋の方が唐芋より、ずっと長く作られてきたのです」

「いつから？」

三吉が訊いた。

「とっつぁんの日記には、気の遠くなるほど昔々、神様が人の姿でおられた頃からとあった」

「そうすると、神様は里芋を召し上がってたかもしれないのね」

神棚に水と花を欠かしたことのないおき玖は、信心深かった。

「唐芋の方は？」

三吉が腹をぐうと鳴らした。とにかく唐芋が気になってならない。

このところ毎日、焼き芋好きのおき玖のはからいで、八ツ刻（午後二時頃）になると、焼き芋屋がここへ立ち寄るようになっていた。

「九十年ほど前、青木昆陽《こんよう》（一六九八〜一七六九年）という人が広めたものだそうだ」

「神様が美味しいと舌鼓《したつづみ》を打って下さるような里芋料理なら、あたし、是非、食べてみたいわ。それと思い出した。里芋って、子芋、孫芋が寄り添って根に付くんで、子孫繁栄、縁起がいいっていわれてるんだったわ。さすが神様の食べ物――」

おき玖は俄然《がぜん》、里芋料理に乗り気になった。

「でも、里芋で尽くしなんてできるものかしら？」

――尽くし――か――

実のところ、季蔵の頭にあるのは、目笊に載った衣かつぎだけだった。お利うのあの目が浮かんでは消える。

「季蔵さんのことだもの、きっと、もう、献立はできてるんでしょ？」

「ええ、もちろんです。どうか、見ていてください」

勢いよく、言葉を放った季蔵は、献立を巡って初めて、心にも無い偽りを口にした。

翌日、季蔵は離れの納戸から、長次郎が残した日記を取り出して開いた。意外にも、里芋料理については書かれている箇所はなかった。

ただし、京料理の本が一冊あって、それには里芋尽くしが記されていた。里芋の田楽《でんがく》や汁物には、京ならではの白味噌が使われていて、江戸っ子の舌には合わない。

それでも、季蔵はとりあえず、それらのうちの二種を紙に書き写した。

炊き合わせ　里芋と蛸《たこ》の煮合わせ

揚げ物　里芋あられ粉揚げ　青唐《あおとう》添え

見せられたおき玖は、

「美味しそうね。里芋と蛸の煮合わせは、烏賊《いか》で食べなれてるから、だいたい味の見当がつくわ。甘辛味よね。だけど、里芋あられ粉揚げっていうのは食べたことない。だから気になる。楽しみだわ」

目を細めた。

第二話　里芋観音

一

「それでは、あられ粉揚げから試してみましょう」

この日、季蔵《としぞう》は早速、里芋のあられ粉揚げの支度にかかった。

「籠《かご》いっぱい、里芋を買ってきてくれ」

言いつけられた三吉《さんきち》は戻ってくるなり、

「まずは皮むきですよね」

盥《たらい》に水を汲《く》んでこようとした。

「それは後でいい」

季蔵に止められて、

「えっ？　どうしていいの？」

三吉は目を丸くした。

「どんなもんでも、料理に使う前は洗わねえと――」

「三吉は里芋の皮むきが好きか？」

苦笑いしながら季蔵は訊《き》いた。

「そう言われても――」

三吉はどぎまぎしていた。

「正直に言っていいぞ」

「里芋はつるつるしてて剝《む》きにくいのなんのって。下手すりゃあ、指を切っちまう。魚を下ろす方がずっとましで、好きなわけねえです」

三吉の口調はやや自棄《やけ》気味である。

「それは里芋を洗ってから剝くからだ」

季蔵は籠から大ぶりの里芋を取り出すと、乾いた布でさっと泥を払ってから、包丁を使ってくるくると皮をつなげた。

「剝いた後に洗えばいいんだ」

ところどころ、まだ、泥のついている里芋を、汲み置いてある器の水の中に、丸めた布と一緒に入れて、ごしごしと汚れを落としていく。

「出来た」

泥が完全に落ちた里芋は真っ白に剝かれていて目にも眩《まぶ》しい。

「おとっつぁん、そんな風に里芋を剝いてたかしら？」

見ていたおき玖《く》は首をかしげた。

「とっつぁんは洗った里芋を苦もない様子で、するすると剝いて、これと同じに仕上げてました。わたしが真似《まね》て、里芋と格闘しながら、指を何度も切っていると、このやり方を教えてくれたんです。当時はこれが邪道のように思えまして、わたしは口惜《くや》しそうな顔をしたんだと思います。すると、とっつぁんが、〝実は俺もつい最近まで、洗った里芋を包丁を滑らせずに剝くことなぞ、できはしなかったんだ。料理人になって間もねえ頃は、里芋を見ると気が落ち込んだ。毎日、厨《くりや》仕事をしてるおかみさんたちは、さぞかし、達者に剝いてるんだろうと思うとなおさらだった。それがある時、長屋の井戸端に並んで里芋を剝いてる女たちを見た。たしかに濡《ぬ》らしさえしなければ、里芋は楽に剝けて、泥は後で落とせるんだ。それがこれだった。それでもな、包丁を持ち続けてさえいりゃあ、きっと里芋に勝てる。気がついた時には、洗った里芋を達者に剝けるようになってる。なあに、いつか修業は実を結ぶんだ〟と励ましてくれました」

そんな話をしながら、季蔵は籠の里芋を二つ、三つと剝き続けた。

「へーえ、うちのおっかあもこれをやってるんだな、きっと」

「たぶん──」

季蔵は微笑《ほほえ》んだ。

「真面目《まじめ》に修業してけば、おいらもいつかは、洗った里芋をするっと剝けるようになるのかな？　季蔵さんはできるの？」

「さてね──」

季蔵は眉根《まゆね》を寄せて、

「わたしはまだ試すのが怖い」

そう本音を口にして、季蔵は籠を三吉の方に押しやった。

同じようにして里芋を剝き始めた三吉は、

「こりゃあ、いいや。これなら、おいら、嫌いな里芋むきも好きになりそうだ」

無邪気に喜んだ。

あられ粉揚げにする里芋は、縦半分に切って蒸籠《せいろう》で蒸す。これを裏漉《うらご》しして、丸くまとめ、あられ粉（もち粉）をまぶして油で揚げる。仕上げには、添える青唐の素揚げが欠かせない。

「これが里芋？　ずいぶんと典雅な味だわ」

「お八つの代わりにいくらでも食べられちまう」

三吉は箸《はし》で摘《つま》んだ一個を一口で平らげてしまった。

「三吉ちゃんは里芋むきが楽しくなってきたみたいだし、ついでに里芋と蛸《たこ》の炊き合わせも作ってみない？　あたし、烏賊《いか》の炊き合わせと蛸のがどう違うか、舌で確かめてみたいのよ」

「蛸なら、このところ、安くていいのが上がるって、昨日、魚売が言ってたよ」

三吉も料理を続けたい様子であった。

季蔵は魚売が立ち寄るのを待って、蛸だけではなく烏賊ももとめた。

「作り比べてみましょう。ただし、三吉、もう皮むきはしなくていい」

季蔵のその言葉に、おき玖は、〝あら、どうして？〟という表情になったが、それを口には出さなかった。

――何か、あるんだわ――

季蔵は蛸を、三吉は烏賊をそれぞれ、里芋と炊き合わせることにした。

「蛸と烏賊、どっちも魚のようで魚じゃねえです」

三吉は俎板《まないた》の上の蛸と烏賊を見比べて、

「そうは言っても、ちっとも姿は似てねえし、歯応《はごた》えも違う。ところで、おいらの烏賊はうちのおっかあのやり方でいいかな？」

「かまわない」

里芋と烏賊の煮付けは、安くて美味《おい》しい家庭料理であった。

三吉は烏賊の足と続くワタを胴から外した。次に指に塩をつけ耳をひっぱってはがした。足からワタ、目、口を取り、固いイボをしごいた。その後、水洗いし、胴は輪切りに、足は二本ずつ切り、足先を揃《そろ》えた。

季蔵の方は、蛸の足を煮染めると小さくなるので、やや大きめのぶつ切りにした。

「烏賊と蛸の下ごしらえはここまでにして、次に大鍋に水をたっぷり用意して、竈《かまど》に火を入れてくれ」

三吉に指図した。

烏賊、蛸の別なく、煮付けにする里芋は、一度水から茹《ゆ》でて、ぬめりを取る必要があった。

「へい」

三吉が従って仕事を進めている間に、季蔵は泥を払った里芋を亀甲《きっこう》型に剝きはじめた。

「ちょっと見ておけ」

立ち働いている三吉を呼び止めて、六方剝きとも言われる、剝いた面が亀甲型になる剝き方を見せた。

これは左手の親指と人差し指の間に里芋を挟み、上から下に削《そ》ぐように、六カ所皮を剝いていく。

「おっかあのは亀の形なんてしてねえよ。四角だったり、三角、五角ってえのがごろごろ煮えてる」

「味は同じようなもんでも、お店でお出しするとなると、たとえ里芋でも、それなりのお化粧をしてやらないといけないわ」

口を挟んだおき玖は、

「実を言うと、あたしも煮物にする里芋を、亀甲型に剝くのを見るのはこれが初めて。そういえば、おとっつぁん、里芋料理をお客様に出さなかったわね。里芋だけを煮たのや、烏賊や蛸と炊き合わせのも――。やっぱり、あたしが最初に思った通り、皆さん、家で食べ飽きてるって、避けてたのかしら？」

頷《うなず》いた季蔵は、

「里芋の煮付けは、どこの家でも菜の定番です。それぞれの家の味があって、家族は慣れています。たいていは、家の味が美味しいと感じているはずです。それらの味を打ち破るのはむずかしいと、とっつぁんは思っていたのではないかと思います」

「もしそうだとしたら――」

緊張したおき玖の顔が青くなった。

「うちで里芋尽くしを出すなんて、おとっつぁんもやらなかった大変な賭《か》けじゃないの」

「そういうことになります」

応えた季蔵は、

――そうなのだ。これは一か八かの大勝負と言っていい――

改めて気を引き締めたが、怖《お》じ気《け》づいてはいなかった。

――どうしても、これぞという里芋料理を作りあげたい――

「煮付けの類《たぐい》を止《や》めとくってえのは、どうでしょう」

三吉がおずおずと口にした。

「止めとけるものかどうかは、作ってみてから決めるとしよう」

三吉も六方剝きを手伝って、この後、里芋は水の入った大鍋に投げ込まれた。水から茹でてぬめりを取り、笊《ざる》に上げて水洗いをする。

次に下ごしらえをしておいた、烏賊と蛸に取り掛かる。烏賊と蛸では煮方が大きく異なる。

三吉は鍋に出汁《だし》と砂糖、酒、醬油《しょうゆ》を入れ、烏賊をさっと煮て取り出すと、残った煮汁で里芋を煮ていく。

さっと煮て取り出しておいた烏賊を、里芋が柔らかくなったところで加え、百数えたところで火から鍋を外して仕上げる。烏賊は煮すぎると固くなるので、出来たてを食べるのが望ましい。

これが里芋と烏賊の煮物である。

一方、季蔵の方は、鍋に出汁と味醂《みりん》風味の煎《い》り酒、醬油を入れて、里芋と蛸を同時に入れる。最初は強火で、煮立ったら灰汁《あく》を取り、弱火にして、落とし蓋《ぶた》をして煮込む。里芋が煮えたら出来上がりだが、よく味を染み込ませれば、冷めても再び温めればさらに美味しく食べられる。

里芋と煮合わせる際、烏賊と蛸とでは熱の加え方がこうも異なる。

二

いよいよ、食べ比べとなり、

「出汁や醬油は烏賊も蛸と同じだけど、烏賊には砂糖と酒、蛸には味醂風味の煎り酒、どうして、変えるのかな？」

呟《つぶや》きながら、まず、烏賊の方を口に運んだ三吉は、

「食べ慣れた烏賊と里芋だけど、里芋がいい塩梅《あんばい》に薄味だ。おっかあのときたら、里芋をぶつぶつ切って煮るんで、濃い味すぎて喉《のど》が乾いちまうほどなんだ。いつか、文句を言ったら、おとっつぁんに〝酒の肴《さかな》にはこれが一番〟って睨《にら》まれた。ん、烏賊も柔らかく煮えてる。煮た烏賊が柔らかいって、はじめてわかったよ。うちのはいつも固いんだ。ほら、干したするめって固いだろ。だから、おいら、ずっと烏賊って固いもんだと思ってた。料理って深いんだね、大変なんだ」

いつになく、複雑な表情になった。

「三吉ちゃんのとこは、みんな仲良しだわね」

ぷっと吹き出したおき玖は笑い顔のままで、

「山の神のおっかさんに家族が頭を上げられないっていうのは、とっても、いいことだわ。それに塩梅屋の料理はたとえ、煮っころがし一つでも特別に美味しくなくちゃ――。ここは素人《しろうと》さんの厨じゃないんだから当たり前。三吉ちゃんも頑張ってちょうだい」

さりげなく励ました。

蛸と里芋は先におき玖が箸を付けた。

「ああ、こんなに蛸が美味しいとは」

ため息をついて、

「あたしね、これはお正月に酢蛸を欠かさなかったおとっつぁんには、ずっと黙ってたけど、酢蛸って好きになれないのよ。醤油と山葵《わさび》で食べる、生の蛸の刺身も、茹でて和《あ》え物にしたのも、あんまり――。嚙み切る時の感じが何ともいえないっていう人もいるけど、あたしはあれが嫌なの。ぐにゃぐにゃしてて、固いんだか、柔らかいんだか、よくわかんないでしょ、蛸の身って。だから、こんなに柔らかく食べられるなんて感激。烏賊は口の中でぷっ、蛸はとろーり。あたしは烏賊も蛸も煮たのが一番好き」

蛸の足に箸を伸ばした。

「里芋との相性はいかがです？」

ここが肝心であった。

里芋の旨味をより引き出せる方を尽くしの献立に加えたい。

――とっつぁんが断念していた里芋料理に挑んでみたい――

意気込んだ季蔵はまた、あのお利《り》うの目を思い出していた。

――あれは挑むような目だったような気がする。あんな強い目をした女を見たのは初めてだ――

なぜか、あの目に負けてはならないような気がしている。

「あたしは断然、蛸と里芋。里芋と同じぐらい柔らかい蛸を食べたことのある人、あんまりないはずよ」

「おいらは烏賊だ。旨味が煮汁に逃げてなくて、ぷっと嚙みきれる烏賊は絶品だと思う。こりゃあ、家へ帰って、おっかあと喧嘩《けんか》になんなきゃって思うほどだよ」

おき玖と三吉の意見は見事に分かれた。

──二人ともなるほどとは思うが、一つ、大きく外している──

おき玖と三吉は煮た烏賊と蛸に大感激しているのである。里芋との相性は語られていなかった。

──つまり、それでは、烏賊や蛸が主ということになってしまう。ここはあくまで、里芋が主でなければ──

季蔵は思い切って、里芋を烏賊または蛸と煮合わせる料理は止めにすると決めた。

──といって、まだ、これといったものを思いついたわけではないが──

すると突然、戸口が開いて、背格好が凸凹の二人組が入ってきた。

ひょろりと痩身《そうしん》で、常に顔色が青白い北町奉行所定町廻り同心の田端宗太郎《たばたそうたろう》と、小柄で四角い顔の金壺眼《かなつぼまなこ》を、どんな時でも、油断なく光らせている岡っ引き松次《まつじ》である。

「邪魔するぜ」

松次は床几《しょうぎ》に腰を落ち着けてから挨拶《あいさつ》をした。

「お疲れのご様子ですね」

おき玖は飛ぶようにして酒の燗《かん》をつけに走り、

「おいらは鯵《あじ》の一夜干しを見てくる」

三吉は勝手口から裏庭へ逃げた。

お上の十手《じって》を預かる二人は他の客たちとは異なる。立ち寄るのは市中で起きた事件に駆けつけた後、疲れた身体を癒すためのことが多い。

「いつもお役目ご苦労様でございます」

季蔵は労《いたわ》る言葉を口にして、深々と頭《こうべ》を垂れた。

この手の慰謝はいわば決まり文句で、二人に限らず、十手持ちが店先に立てば、袂《たもと》に金包みを差し入れるなど、必ず、なにがしかで謝意を表すことになっている。

お上の機嫌をそこねては、どんな禍《わざわい》が降ってくるかわからない。

塩梅屋の場合は一膳飯屋なので一切飲み食いの金を貰《もら》わない。

それでいて、本人たちは気づいていないにせよ、呆《あき》れるほど横柄な態度である。

この時ばかりは、普段は歯に衣《きぬ》着せぬおき玖でさえも、ぴりぴりと立ち居振る舞い、三吉にいたっては何かと理由をつけて、その場にいないようにしている。

ようは、ほぼ、誰しもが煙たい二人であった。

ほぼと断ったのは、このところ季蔵はそう二人を苦手としなくなっていたゆえである。

――田端様や松次親分と一緒に捕り物をしたことがあった――

以来、二人は季蔵に市井《しせい》で起きている事件について、以前にも増して、意見をもとめるようになってきていた。

もっとも、この二人とて、季蔵が隠れ者であることまでは知る由《よし》もなかった。あくまでも、推理に秀《ひい》で、捕り物に役に立つ一膳飯屋の主と見なしているのである。

――悪を捕らえる手助けはしたいが、お奉行とのつながりや、裏の顔を悟られるようなことがあってはならない――

「どうぞ」

おき玖は大酒飲みの田端には湯呑《ゆの》みの冷や酒を、下戸《げこ》の松次は甘酒でもてなした。

「こりゃあ、どうも」

松次は嬉々《きき》とし、寡黙な田端は無言で湯呑みを飲み干した。

「お代わりを」

おき玖は空の湯呑みをまた、冷や酒と甘酒で満たした。

これが三度、繰り返された後、

「そろそろ肴を見繕《みつくろ》ってくんな。俺は腹が空《す》いたし、旦那も酒ばかりでは身体に悪い」

松次は顎《あご》をしゃくった。

「はい、只今《ただいま》」

——よかった。今日は格好のものがあったわ——

おき玖は小鉢に里芋と烏賊または、蛸の煮物、それぞれを盛りつけて勧めた。

「こりゃあ、いいや」

酒を飲まない松次は、自他ともに認める食通であった。

一心に箸を動かして小鉢二つを腹に納めた松次は、

「秋風がやっと吹いてきたってえのに、市中はおかしなことばかしで、むしゃくしゃするばっかしだ」

ふと愚痴を洩《も》らした。

「何か、よほどのことが起きているのですか？」

季蔵は訊かずにはいられない。

「そのうち、江戸中の魚売がくずな鯛《たい》を売らなくなるんじゃねえかと思う」

くずな鯛は甘鯛の別名である。あやかり鯛の一種だが、白身で淡泊なのは真鯛に似ている。身が柔らかいせいで、刺身には向かず、照り焼きや酒蒸し、糟《かす》、味噌漬けにすることが多い。

特長は鱗《うろこ》を食べることができることで、鱗を落とさずに焼く鱗焼きは、甘鯛ならではの調理法であった。

「青葉の頃の初鰹《はつがつお》ほどじゃねえが、恵比須《えびす》講のある秋は、何としても、鯛を食わなきゃとみんな意気込んでる」

恵比須講は神無月（十月）にある、商いの神様を崇める、いわば江戸中の町人総出の行事であった。神様への最高の供物は鯛と決まっているので、初秋の頃からただでさえ高い鯛にじわじわ高値がついた。

それゆえ、真鯛だけではなく、見かけや味がそこそこ似ている、あやかり鯛も人気を集めた。そろそろ旬を迎える甘鯛もその一種である。

「浜切り鱗干しくずなを食べて、備前屋《びぜんや》、丹後屋《たんごや》、山城屋《やましろや》の主が立て続けに死んだ」

田端は今日初めて季蔵の目を見た。その目は射るように鋭い。

「備前屋と丹後屋は馴染《なじ》みにしている料理屋長月茶屋《ながつきちゃや》に集《つど》い、頼んであった好物の浜切り鱗干しくずなを食べて死んだ。山城屋の方は、出入りの魚売にこれを仕入れさせ、厨で家の者に焼かせて平らげたところ、急に苦しみだして、ほどなく息を引き取ったという。毒死に間違いない」

「ご詮議《せんぎ》は？」

「長月茶屋と山城屋に出入りしていたのは、鈴木町の長屋に住む、貞吉《さだきち》という名の魚売だ。その貞吉も死んだ」

応えた田端は無表情だった。

「稲荷《いなり》の松の木で首を括《くく》って死んだんだから、罪を認めたってえことになる」

松次は口をへの字に曲げた。

三

「本当に貞吉という人が下手人なのかしら？」

思わず呟いたおき玖は、〝あら、いけない〟とあわてて、手を口に当てた。

「備前屋さん、丹後屋さん、山城屋さんといえば、名だたる米問屋でしょう？」

季蔵の念押しに、

「その通りだよ」

松次は頷いて、

「たしかに魚売が米問屋の旦那衆を殺《あや》めても、何の得にもなんねえんだよな」

おき玖の方を見た。

「誰かに頼まれたということは考えられる」

田端はぴしりと言い切った。

「でも、それが誰なんだか、貞吉が死んじまっちゃ、皆目見当がつかねえ。その上、これ以上の詮議は無用と年番与力《ねんばんよりき》の旦那がおっしゃってる。こりゃあもう、おかしなことを通り越して、面白くねえったらありゃしねえ」

松次の唇はますますねじ曲がった。

年番与力は奉行に次ぐ奉行所の実力者である。

――年番与力の命《めい》であれば、当然、お奉行も承知の上だろう、もしやこれは――

北町奉行の烏谷《からすだに》には、決して、知られてはならない秘密があった。長きに渡る幕府の財政難を打破するべく、老中や関わる大名たちに与《くみ》して、市井の金持ち相手に大名屋敷で特別な賭場《とば》を開き、裏金を工作してきた。

博打《ばくち》で得た金は、火事の際の避難所の設置や、養生所への支援、川の防波堤等、江戸の町民たちのために使われている。だが、賭場そのものが御定法破りであり、発覚すれば奉行といえども即刻首が飛ぶ。

――お奉行は何としても、裏金作りを隠し通すおつもりなのだろうが――

まさか、烏谷がこの三人の豪商を葬るよう命じたとは、到底思えなかったが、何らかの関わりがあってもおかしくはなかった。

「松次親分のことです。何か、ほかに聞き込んでおられるはずでは？」

季蔵は訊かずにはいられなかった。

「まあな」

小鉢の煮物を食べ終えた松次が、手持ち無沙汰《ぶさた》に箸を振りまわしたので、おき玖はさっとまた、甘酒の入った湯呑みを目の前に置いた。

「親分、口直しの甘酒もいいもんですよ」

「ん」

松次はぐびりと満足げに一口飲んで、

「備前屋たちは、浜切り鱗干しくずなに仕込まれていた、石見《いわみ》銀山鼠《ねずみ》捕《と》りで殺された」

「毒が塗られていたのは鱗ですね」

鱗にならば、小刷毛《はけ》を使ってたっぷりと毒を塗りつけることができる。

「焼いたくずなの鱗はぱりぱりと、薄焼き煎餅《せんべい》みてえで、柔らかい身と一緒に食うと、極楽へでも行き着いたかのようだろう？　だから、備前屋たちは夢中で食っちまったし、山城屋もこいつを独り占めして、あっという間にあの世に逝っちまったんだよ。せめて、あの世が極楽だといいがな」

松次はため息をついた。

「毒を塗ったのが貞吉だという、確かな証《あかし》はあるのですか？」

「貞吉は十日ほど前、弓町の内田屋《うちだや》ってえ、薬種屋で石見銀山を買ってる」

「なるほど」

「これは動かしがたい証になるが、気になる動きもある」

松次に先を促した田端は、

「内田屋では貞吉が出て行った後、何を買ったかと訊きに来た奴がいたそうだ。覚えてたのは、こいつが若侍だか、何だか、よくわかんねえ髷《まげ》姿で、小袖《こそで》をたくし上げて、格好つけてる上、キーキーうるさい子猿を連れていたからだとさ。内田屋ではすぐに叩き出したが、ほっかむりをして、紙屑《かみくず》を拾ってるのを見たという話を、内田屋の手代《てだい》から訊いた」

話し終わるのを待って、ゆっくりと腰を上げた。

この後、

――間違いない、お利うと小吉《こきち》だ――

季蔵は青ざめている。

――しかし、何でお利うが貞吉に関わっているのか――

「どうかしたの？」

おき玖が気づいた。

「いや、ちょっと――」

――きっと、瑠璃《るり》さんのことを案じたんだわ――

おき玖が勝手にそう思い込んだのは、以前、瑠璃が毒入りの桜餅で殺されそうになったことがあったからである。

「あ、うっかりしたわ。旦那と親分に里芋の煮物は、烏賊か、蛸かをお聞きするの、すっかり忘れてた」

おき玖は切なさの余り、話を変えた。

「そうでしたね」

相づちを打った季蔵は、

「是非、今度、お聞きしましょう。ただし、覚えていてくれるといいのですが――」

穏やかに頷いた。

この日も八ツ時になると、

「栗（九里）より（四里）美味《うま》い十三里」

「八里半」

などという売り声が聞こえた。

「二平《にへい》さんだ」

三吉の顔がぱっと輝く。焼き芋屋の二平の声であった。

江戸近くの唐芋《からいも》の産地は、約十三里（五十二キロ）離れた川越である。

また八里半というのは、栗を九里にかけて、謙遜《けんそん》した唐芋の呼び名であった。

「今日もあつあつ、出来たてだ」

ごろんと丸く、ただでさえ暑苦しい身体つきの二平が大汗をかいている。三十路《みそじ》はとっくに過ぎているというのに、独り者のせいか、その笑顔は幼子のようにあどけなかった。

「何せ、特別の塩蒸し焼き芋だからね」

二平は日々、塩釜で蒸した焼き芋を風呂敷に包んで運んでくる。

「皮つきのまま、塩釜で蒸した焼き芋が一番なのさ」

はじめて、塩梅屋に売り込みに来た時、二平は自信たっぷりに胸を張った。

「木戸番の片手間焼きとは月とすっぽんなんだよ」

市中の木戸ごとに設けられた小屋の番人たちが、副収入のために売る焼き芋は、大きな平鍋に唐芋を並べて、木蓋をして焼き上げるもので、今一つ、風味に欠けた。

「あら、でも、焼き芋は藁《わら》の熱灰に埋めるのが何よりじゃないの？」

この時、おき玖は異を唱えた。

「藁の熱灰とどっちが、甘いか試してみてくんな。よく洗ってあるから、皮は剝かねえでそのまま——。試し食いに銭は取らねえから」

そう言われて、二平の差し出した塩蒸しの唐芋を皮ごとほおばったおき玖は、

「美味しい。これ、甘みだけじゃなく、旨味まで違う」

もともと唐芋好きなこともあって、三吉ともども、すっかり、塩蒸し焼き芋に嵌《はま》りこんでしまっていた。

「実は今日はちょいといい事があってね」

二平は顔をほころばせた。

「明日は塩蒸しを届けられねえんだよ」

「わかった」

おき玖は手を打った。

「二平さん、いよいよ身を固めることになったのね。祝言、そうなんでしょ？」

「まさか――」

ぷっと吹きだした二平は、

「あんたみたいな別嬪《べっぴん》が嫁に来てくれるってえんなら、考えないこともねえが」

冗談とも本気ともつかない物言いをして、おき玖を戸惑わせた。

「実は蠟燭《ろうそく》屋の甲州屋《こうしゅうや》の御隠居にこいつが見込まれたのさ」

愛《いと》おしそうに手にしていた焼き芋の皮を撫でた。

「甲州屋さんといえば、江戸で一、二を争う蠟燭屋さんですね。たいそうな食通だと聞いています。うちでも、時折、ご注文をいただくことがあります」

思わず季蔵は身を乗り出した。

甲州屋の隠居徳三《とくぞう》は、先代長次郎《ちょうじろう》が若い頃からの馴染み客の一人であった。

寄る年波で足が不自由になってからは、食べ歩くことこそなくなったものの、時折、食通仲間を集めて小宴を開くなど、変わらぬ健啖《けんたん》ぶりを発揮していた。

「何でも、その甲州屋の御隠居が、こいつの評判を聞きつけてくれたそうなんだ」

酒を嗜《たしな》まない甲州屋徳三は甘党であった。

「おいら、塩蒸し唐芋が瓦版《かわらばん》に出てたの、見たよ」

三吉は残りの一本に手を伸ばした。

「つい、話したくなっちまったんだが、自慢に聞こえたら勘弁してくんな」

二平は片手をぼんのくぼにあてた。

「毎日、こうやって、買ってもらってると、他人の気がしねえもんだから――」

「よかったじゃないの、おめでとう」

おき玖はにっこり笑った。

「自慢のついでに、こいつがどうしてこうも美味いのか、聞かせたくなっちまった。聞いてくれるかい？」

「聞きたい、聞きたい」

三吉は、はしゃぎ気味に二平を促した。

四

仕込みを済ませた季蔵も加わった。

「俺のお宝はとっておきの塩釜なんだよ。これがなけりゃ、瓦版にのせてなんぞもらえはしなかった」

「郷里《くに》は海のそばですか？」

塩釜は海水を煮詰めて塩を作るためのものである。

「そうなんだよ」

二平はなつかしくてならないという目になった。

「郷里じゃ、焼き芋といやあ、塩釜で蒸すものと決まってた。この味が忘れられなくてね。いろんなとこの木戸番の焼き芋を食べたが、やっぱり物足りねえ。江戸に出てきてしばらくは、海産物問屋に奉公してた。ある時、損料屋に届けものをして、店先で塩釜に似てはいるが、小ぶりの鉄釜が目に入った。これを使って芋を蒸せば、郷里の味が出せるかもしれないと思った。買おうとせっせと給金を貯めたよ。損料屋は借り貸しが生業《なりわい》だから、売れることはない。でも、誰かが借りたまま、返さなかったらどうしようかと、気が気ではなかった。ちょくちょく損料屋を覗《のぞ》かずにはいられなかった。見張ってたんだ。この間、鉄釜はずっと借りられずにいた。だから、俺が売ってくれとかけ合った時、損料屋の番頭は目を白黒させて、〝酔狂ですねえ〟と驚いて、二束三文で承知してくれた。いやはや、有り難かったよ。すぐに、残った金で塩蒸し焼き芋を売ろうと決めて、奉公先から暇をもらった。けど、とんとんと上手《うま》くいったわけじゃねえ」

「商いのことよね。人に知られるまでが大変だったんでしょ」

「それだけじゃねえんだ」

二平は強く首を横に振った。

「塩釜が自分のもんになったのに、上手くいかねえなんてこと、あるわけねえような気がするけど――」

三吉はたかが、焼き芋ではないかという顔をした。

「たかが塩蒸し、されど塩蒸しなんだ」

二平は笑い顔のまま、三吉を一睨みした。

「塩ですか？」

季蔵は言い当てた。

「うん。郷里じゃ、塩釜から取りだした、出来たて熱々の塩の中に生の唐芋を入れて、塩釜蒸し焼きを作ってた。つまり、それだけの量の塩がなきゃ、できねえってことだよ。俺の買っちまった鉄釜は、郷里の塩釜ほどは大きかねえが、こりゃあ、もう駄目だ、俺としたことが何とまあ、早とちりだったんだろうと、悔やんだもんさ」

「どうやって、出口を見出《みいだ》したのです？」

「寝ずに考え続けて、これは塩だけじゃねえ、熱も関わってるってことにやっと気がついた。唐芋が煮えるまで、熱い塩でくるんでてやればいいんだってね。それなら、八分目まで塩を詰め込んだ鉄釜を火にかけて、塩があつあつになったところへ、唐芋を埋めて、煮えるまで、火を止めずにいればいいんだ」

「とはいえ、火加減はむずかしいでしょう？」

大きく頷いた二平は、

「こればっかしは年季だよ。他人様《ひとさま》に売って銭をとれる塩蒸し焼きができるまで、一年かかった。何とか飢え死にしなかったのは、毎日、今一つ、物足りねえ、美味くねえと、腹におさめた唐芋相手に愚痴を言ってたからだよ」

そこまで言って二平は、

「一度、うちの塩蒸し焼き芋の皮を剝いて食べようとした客がいた。普段、焚《た》き火で作る焼き芋の皮は剝いてるんで、どうしても、皮を剝かないと食べられないってえんだ。腹が立ってね、売らずに返してもらった。うちのは皮も身のうち、いい具合に塩が皮から身に染みてて旨いんだから」

自信たっぷりに締め括った。

二平の後ろ姿を見送ったおき玖は、

「よかった。二平さん、ほんとうにうれしそうだったもの。たとえ、他人の身の上でもいいことっていいわね」

明るい声を出した。

翌日、早々と仕込みを済ませた季蔵は、

「山梔子《くちなし》が切れているので、もとめてきます」

昼過ぎて店を出ようとした。

このところ、店を出る時には必ず、おき玖が怪しまないように、うがった理由をつけることにしていた。

季蔵は三軒もの米問屋の主が毒殺された事件が気にかかっている。

――お奉行だけではなく、お利うまで関わっているとは――

まずは貞吉が住んでいたという、鈴木町の長屋へと足を向けた。

井戸端で話しこんでいるおかみさんたちに聞いて、今は空いたままになっているはずの貞吉の家の前までくると、年の頃、五十歳を過ぎた老爺《ろうや》が、大徳利を抱えて油障子の前に座り込んでいた。

老爺は赤い顔で季蔵を睨んだ。

「貞吉はいねえよ。もう、死んじまったんだから」

「貞吉さんと親しくされていたのですね」

季蔵は自分の名を告げた。

「ふーん、そうかい」

老爺は酒を呷《あお》って、

「俺は隣りに住んでる、銀次《ぎんじ》ってもんだ。ところで、飯屋が何の用だい？　ツケが溜《た》まってても、さっきも言った通り、死んじまった貞吉から、金は取れねえよ」

「貞吉さんは一度、うちの店へおいでになったことがありました。その折、酔われた貞吉さんから頼まれ事をしたのです。自分にもしもの事があったら、長屋で親しくしている人に話を訊いてもらいたいと――。うちには八丁堀の旦那方も、お見えになりますので、先だって、亡くなったことを耳にしたのです」

季蔵が方便を使うと、

「すると何かい？　あんたは一度きりの酔っぱらいの客のために、ここまで話を聞きにきたってえのかい」

銀次は今にも泣き出しそうに赤い顔を歪《ゆが》めて、

「貞吉みてえなろくでなしでも、思いをかけてくれる人がいたとはな。よかったじゃねえか、貞吉――」

ぽろぽろと涙をこぼした。

「お話しいただけますか?」

「あの世の貞吉も喜ぶだろうから話す。何でも訊いてくれ」

「たしか、貞吉さんは独り身でしたね」

これはおかみさんたちに聞いて、すでに知っている。

「貞吉はどうしようもねえ奴だった。俺と同じで、女房子どももいるにはいたが、とっくに逃げちまったそうだ。ここへ越してきた時はもう一人だったよ」

「どうしようもないとは?」

「これだよ、これ」

銀次は立て膝《ひざ》のまま、片袖を脱いで壺を振る仕種《しぐさ》をした。

「魚売の仕事に精を出してて、それなりに稼ぎはあったが博打に目がなかった。稼いでも稼いでも好きな賽子《さいころ》ですっちまう。あればっかしは俺のこの酒と同じで、止めようがなかったね」

――何と賭場通いをしていたのか――

「博打に借金は付きものですね」

「そうさ、その通り。ここんとこ借りていたのは五両。魚売がどう頑張っても、返せるような額じゃねえ。それで、俺は本気で、〝そのうち、簀巻《すま》きにされて大川に放り込まれる、今のうちにこの江戸を出ちゃあどうか〟って勧めてた」

「でも、貞吉さんは耳を貸さなかったのでは？」

「よくわかるね」

「食べ方も酔い方も豪気でしたから」

「一緒に遊ぶにはいい奴だったよ。酒盛りも楽しかった。けど、前は借金にびくついてて、ここまで大きな金は借りなかったし、そこそこ、負けがこみはじめると、金を返すまで賭場へ足を向けなかったもんだ。ところが、死ぬ三月《みつき》くらい前から、大きなことを言い始めた。意見すると、からから笑って、〝いいか、安心しろ。俺は幾ら負けたって平気なんだ。それなりの働きをすることになってる〟ってね。そういやぁ、あいつ、俺にいい酒を奢《おご》ってくれたな。〝爺さん、死んじまったら飲めねえんだから、今のうちだよ〟って。あん時、俺が酒ばかり飲んでねえで、何とかさせてたら——こんなことには——」

銀次は声を詰まらせた。

「ところで、貞吉さんは自分で首を括ったのでしょうか？」

季蔵は手の甲で涙を振り払った銀次の目を見た。

「あいつのことだ。簀巻きにされるよりはと思ったんだろうが——」

そこで銀次は、はっと思いついて宙を睨んだ。

「きっと、あのおかしな奴のせいだ」

「誰です？」

「若侍みてえな髷で小袖をたくしあげて着てる、洒落《しゃれ》たつもりでいる小僧だよ。猿を連れてる。その野郎はずっと貞吉につきまとってた」

——またしても、お利うか——

「いつ頃からです？」

「三月ほど前からだ」

——三月前といえば、博打で大きな借金を作っても、平気で笑っていられるようになった頃と符合する——

五

「そのおかしな奴について、貞吉さんはほかに何か言っていましたか？」

「初めておかしな奴の話をした時は、夜更けて、尾頭《おかしら》付きの鯛なぞが入ってる、折を土産《みやげ》に持ってきて、酒盛になったんで、よく覚えてる。〝起きろ、起きろ、爺さん、起きねえと後悔するぞ。美味《うめ》えもんを食わせてやる。この世の極楽を味わわせてやりてえんだよ〟って、寝ていた俺の耳元で怒鳴りやがってね」

銀次はなつかしげな微笑みを浮かべて先を続けた。

「その折詰めときたら、鯛の味は言うまでもねえが、子《こ》持鮎《もちあゆ》や煮鮑《にあわび》も美味え。〝これだけの御馳走《ごちそう》を食べさせてもらえたんだ、もう、この世に思い残すことはねえ〟なんて、思わず俺が言っちまったら、〝美味えのは当たり前だ。これはあの長月茶屋のもんなんだから〟って、貞吉はにんまり笑った。長月茶屋みてえな高級料理屋に上がるなんて、俺たちみてえな長屋暮らしには一生かかったって、できやしねえ。貞吉だって同じだろ。それで、誰にごちになったか、早速訊いてみた。すると、貞吉は、〝誰でもいいじゃねえか〟とはぐらかして、長月茶屋から尾行《つけ》てきたおかしな奴のことを、面白可笑《おか》しく話してくれた。何でも、人の気配はまるでなかったんだそうだが、とんまな猿が後ろでキーキー鳴いて、今時分は猿もねぐらにいるもんじゃないかと、思わず、振り返ったら八間（約一四・五メートル）ほど後ろを、子猿を肩に乗せたおかしな奴が尾行てきてたそうだ」

──長月茶屋といえば、備前屋さん、丹後屋さんが甘鯛の鱗の毒を食べて殺された場所だ──

偶然とは思えなかった。

「貞吉さんが誰にもてなされたかは、とうとう、わからず終《じま》いでしたか？」

「そうさね。俺は酔いが醒《さ》めた後、気になってまた、誰にごちになったか、貞吉に訊いた。おかしな奴が尾行てくるのは、借金に追い詰められた貞吉が、危ない橋を渡ってるからじゃねえかって、案じられてさ──。俺は飲んだくれの老いぼれだが、貞吉を逃がす手引きくらい、身体を張ってやれる」

「この時貞吉さんは何と？」

「〝ごちにはなったが、大丈夫だ。あんなおかしな奴を雇う者なんていねえ。たぶん、折り詰めのいい匂いに釣られて、付いてきた物乞《ものご》いだろうから、爺さん、どうか、もう、心配はしてくれるな〟って」

「つきまとっていたのではないのですか？」

「そうに決まってるだろ」

——思い込みか。だが、たしかにお利うは、貞吉が石見銀山鼠捕りを買った、薬種屋内田屋に訊きに行っている——

「俺だって、有り難く、食ったり、飲んだりしたのが悔やまれて、あの晩から、しばらくは気分が沈んだが、また、すぐに——」

銀次は酒をぐびぐびと呷って、

「こうやって、仕様もなくなるのさ」

恥入った目を季蔵に向けた。

貞吉の住んでいた長屋を出ると、長月茶屋へ訊きに行きたいのは山々ではあったが、まずは内田屋のある弓町へ向かった。

——長月茶屋では、貞吉を招いた客を知っているはずだ。だが、あれだけの店ともなると、客たちの名も含めて秘密が多い。見も知らぬ相手に、すんなりと教えてなどくれはするまい。それと、内田屋ではお利うのことを、何か、聞けるかもしれないし——

やはり、お利うのことが気がかりであった。

季蔵は内田屋の店先で、客の応対をしていた手代の一人に貞吉のことを訊いた。

「うちは薬種屋でございますので、そのようなお話は――」

追い払われるのかと失望したが、

「それではお上がりください」

入ってすぐの小部屋に通された。

「貞吉さんについては、すでに松次親分にお話ししましたが――」

現れた卯七《うしち》と名乗った手代は、青ざめた顔をうつむけている。どうやら、季蔵をお手先の一人だと勘違いしている。

季蔵は、名乗っていなかったことに気づいたが、

――その方がかえって都合がいい――

卯七は言葉を続けて、

「石見銀山がほしいとおっしゃったので、お売りしました。帳面にもほれこの通り、家名がございます。あのような恐ろしいことに使われるとは、手前どもでは露知らず――。どうか、お許しください。この通りです。どうか、どうか――」

形通りの謝罪を連ねて、いきなり、頭を畳にこすりつけた。

「頭を上げてください」

「はい」

素直な卯七は向かい合ってみると、目がくるりと丸く、何とも愛嬌《あいきょう》のある表情をしてい

る。

——この手の若者は、とかく、知りたがりだ——

「貞吉は石見銀山を使って、酷くも三人もの人の命を奪いました。ただ、この貞吉も死んでしまい、どうやら、殺されたらしいのです。貞吉殺しの下手人は、まだ、分かっていません」

そこで一度、言葉を止めた。

「貞吉さんは操られていて、黒幕に口封じされたというんですね」

きらっと大きな目が光った。

「ですから、一刻も早く、貞吉殺しの下手人をお縄にしなければ、次は誰が狙《ねら》われるかわからず、わたしたちは枕を高くして寝ることができません。お願いです。力を貸してください」

「もちろんでございます」

卯七はさらに強い目になって、

「手前でお役に立つことでしたら、何なりと——」

「それではお訊《たず》ねします。松次親分に話されたという、貞吉が石見銀山を買って帰った後、訊きに来たという人について知りたいのです」

「そいつが黒幕とでも？」

卯七は怪訝《けげん》な顔をした。

「風変わりなおかしな奴でしたが、そんな大それたことができるとはとても――」

「黒幕の走り使いをしているのかもしれませんから」

「なるほど」

「どうか、その時のことをくわしく話してください」

「手前はいろいろなことを知るのも好きですが、それ以上に好きなのは生きものなんです。犬猫など、気がついてみると話しかけていて、なついて付いてくると、つい、つい、大事に懐に入れていた饅頭《まんじゅう》や煎餅なども、分けてやってしまうほどで――。実はここのお嬢様もたいそうな生きもの好きです。卯七犬などと陰口を叩かれている、たいして取り柄のない手前が、こうして、おいていただいているのも、お嬢様の飼っている生きものの世話をしたりして、お話相手ができるからなんです。そんな性分なものですから、あの時、おかしな奴が店先に立っても、即刻、追い払うことはできませんでした。ほかの者でしたら、きっと箒《ほうき》を振り上げたことでしょう」

「理由は連れていた子猿ですね。松次親分から聞いています」

「手前が肩を突き出す仕種をすると、上に乗ってきたりして、なかなか可愛い様子の子猿でした。それで、しばらく、その子猿をそのままにさせておきたくて、おかしな飼い主の話を聞いたんです」

「それが貞吉の買った薬のことだったのですね」

「そうです。不運にも貞吉に薬を売ったのは手前でしたから、すらっと答えてしまいました。それだけです。なのに今はもう――」

卯七の目の輝きが消えて、

「薬を売っただけなのに、居合わせれば、誰でも同じように売っただろうに、ここの店の人たちは、白い目で手前のことを見るんです。卯七犬のやりそうなことだって――。手前はもう、針の筵《むしろ》に座らされているようでたまりません」

青ざめた顔を引き攣《つ》らせた。

最後に季蔵はこれだけは訊いておきたいと思った。

「おかしな奴は、市中で紙屑拾いをしていたと、松次親分に話していましたね」

「あんまり、あの子猿が可愛かったので、また、どこかで会いたいとは思っていました。ですが、木挽《こびき》町の五丁目橋で見かけたというのは、お客さんから聞いた話です。子猿を連れた妙ちきりんな形《なり》の紙屑拾いがいたと――」

――木挽町の五丁目橋といえば、お奉行たちの裏金と関わってきた弥平次《やへいじ》の平子屋《ひらこや》がある場所ではないか――

「ありがとうございました」

立ち上がった季蔵は、がーんと頭を殴られたかのような心痛に見舞われた。

――間違いない。お利うは弥平次や平子屋とつながりがあるのだ。貞吉を尾行たり、薬種屋に確かめたりしたのは、貞吉が首尾よく、殺しをやり遂げるのを見届けるためだったのでは？　ただ、わからないのは、わたしと会った時のお利うは、賭場帰りを襲われていた。弥平次に使われているのなら、小遣い銭には困らず、小吉をひもじくさせることもなかったろうに――。なにゆえ、あのような場所へ出向いたのだろう？――

六

別れ際に卯七は、ふと、お利うを弥平次の店の近くで見たという、客の名を口にした。

「足袋《たび》屋木村《きむら》屋の女隠居お宇乃《うの》さんです、この方もなかなかの生きもの好きです。たいてい、離れの隠居所で鶉《うずら》の世話をなさっておいでですが、話し好きなので、お訪ねになれば、もっとくわしい話をお訊きになることができるかもしれませんよ」

そう告げてしまった後で、あっと叫んで両手で口を押さえ、

「いけません、いけません。うっかり口を滑らせてしまいました。後で番頭さんに、余計なことを洩らしては、お客さんに迷惑をかけるとお叱《しか》りを受けてしまいます」

どうか、今の話は忘れてくれといわんばかりの情けない顔になった。

「こちらから聞いたとは申しません。ですからご安心ください」

季蔵は卯七のほっとした表情に頷いて内田屋を出た。

目指す木村屋は芝口にある。

汐留《しおどめ》川に架けられた長さ十間《けん》幅四間二尺の芝口橋に立つと、涼やかな風が川面《かわも》を渡ってくる。川風には川の水の匂いだけではなく、四季折々の樹木や花の香りが混じっている。

初秋の今は河辺に群生しているススキの匂いを感じた。銀色にたなびく見事な穂先の揺れ

が目に浮かぶ。涼しくも風流であった。

季蔵は木村屋では店先に立たなかった。隠居所の庭の垣根越しに、お宇乃が鶉の籠を縁側に出して、乳鉢ですり餌を作っている様子をしばらく見ていた。

季蔵はわざと大きなくしゃみをした。もとより、隠れるつもりはない。

「おや——何だろう？」

白髪を切り髪にした老婆がゆったりと立ち上がった。怯《おび》えた様子は微塵《みじん》も感じられない。大きく背伸びをすると、顔が垣根から突き出ている季蔵と、お宇乃の目が合った。すかさず、季蔵が微笑むと、お宇乃も皺深い顔をほころばせた。

「鶉を飼いたいと思っていたところ、湯屋でこちらの評判を聞いたのです」

「まあ、まあ、そうだったんですか」

お宇乃は縁先の沓脱《くつぬぎ》石にあった下駄をつっかけると、裏口を開け、季蔵を中へ招き入れた。

「あなたのように言って来られる方は結構おいでです」

「ご挨拶が遅れました」

あわてて季蔵は名乗った。

「どうぞ、お上がりになってください」

「いや、もう、わたしはここで」

「それでは、せめて茶を運ばせましょう」

こうして、季蔵は首尾良く、お宇乃と縁側に腰掛けて向かい合った。

「鶉の飼い方の秘訣《ひけつ》を教えていただければと――。やはり、餌は特別なもので病いにも弱いのでしょうね」

季蔵が水を向けると、お宇乃は堰《せき》を切ったように、鶉の餌に生ものは禁物であること、病いの大半は籠の不衛生によるものである等の話を、例をあげながら話し続けた。

「それと、申すまでもございませんが、鶉はただ生きていて、可愛ければそれでいいというものではありません。餌や病いに気をつけるのも、あの美しい鳴き声を聞きたいためですからね」

鶉飼いの醍醐味《だいごみ》は鳴き合わせといって、飼い主たちが集まって鳴き声を競わせることであった。

「御隠居様は、芸のある生きものがお好きのようですね」

季蔵はさりげなく相づちを打って、

「猿などはいかがです？　鶉の鳴き声にも惹《ひ》かれますが、猿は利口者です」

「猿ねえ――」

お宇乃は探るような目で季蔵を見つめた。

「どうやら、飼うのは鶉にしようか、猿にしようかと迷っているようですね」

「ええ。最近、可愛い子猿を市中で見かけたものですから」

「あれなら、わたしも何日か前、五丁目橋で見ましたよ」

卯七の言った通りであった。

「子猿だけじゃなく、あのおかしな形《なり》も目立ちますからね。他にも知り合いで見かけた人はいるんです。それも二度も――」

「二度もとは果報者ですね。いったい、どなたがどのような場所で？」

季蔵は急《せ》く気持ちを押さえて訊いた。

「あなたは相当、あの子猿に思いがあるようですね」

気がかりなのは、おかしな形のお利うの方だったが、そうとは知らない老婆は、ほほほと口をすぼめて笑い、

「初めから、飼うのは鶉ではなく、あの子猿と決めてしまっているのでは？」

その後、やや怪訝な顔になったが、

「すみません。実は二度も出遭えたという方がおいでになると伺って、どれだけ自分が、あの子猿を気にかけていたかわかりました」

「生きもの飼いに取り憑《つ》かれれば、まあ、そんなものでしょうね」

ほうっとため息をついて納得した。

「ですから、どなたがどこで見かけたか、気になってならないのです」

――何としても、話してもらわねば――

「鶉の鳴き合わせの会にはお武家様もおいでになるのです。身分を越えて、鶉好きはいるものですから。その方は三田《みた》に住んでおられます。御嫡男に家督を譲った御隠居様とだけ

申しておきましょう。お屋敷の近くは寺が多く静かだそうで、退屈まぎれに、ぶらりぶらりと散策されることが多いのだとか——。そんなある時、手拭《てぬぐ》いを被《かぶ》っているものの、紙屑拾いにしては、おかしな形の者と、子猿が目についたんだそうです。おかしな一人と子猿一匹は何日か後にも、お屋敷の近くをうろついていて、〝近頃はいろいろ物騒なことが多い、厄介なことにならねばいいが〟と嘆いておられました」

これを聞いた季蔵は、

——お屋敷というのはどなたのことだろう？　そう言えば、裏金作りの森田藩池田家の下屋敷も三田であったな。屋敷の周りは寺ばかりだろうが。まさか……そんな——

内心、飛び上がらんばかりに驚いたが、態度には露ほども出さず、

「やはり、二度も子猿を目に出来たそのお方が羨《うらや》ましい。わたしも、また、出会いたいものです」

嘆息してみせた。

「そういえば、生きもの好きのその方も、子猿だけはたいそう可愛かったとおっしゃっていましたね。わたしは、猿というものが可愛いのは、無邪気な子猿のうちだけだと申し上げました。何と言っても、長じるにつれて、美声を聴かせてくれる鶉が何よりです」

「大きくなるといけませんか？」

「利口も過ぎれば、狡賢《ずるがしこ》い知恵をまわしかねません。たしかにあの子猿は可愛かったけれど、もう一度、出遭いたいとはわたしは思いません」

子猿、小吉の話に終始して、季蔵は暇《いとま》を告げた。

帰路の途中、

──弥平次の店と三田の屋敷、まさかとは思うが、お利うはあの連中の仲間なのだろうか──

疑念を強くする一方、

──そうだとしても、なにゆえ、賭場で勝負をしていたのかは、わからず終いだ。ただし──

銀次の話によればあの一軒家が貞吉が通い詰めていた賭場であった。

──お利うが追われていた日には、すでに、貞吉は首を括っていた。となると、貞吉を見張るためではない。死んだ貞吉の身辺を探るため──。一つ、考えられるのは──

お利うもまた、自分のような隠れ者なのではないかと季蔵は思った。

翌日、いい蛤《はまぐり》が手に入ったと烏谷に文を届けた。

──お利うのことを訊きたい──

そもそも蛤は鯛や鮑と同様、吉兆の徴《しるし》であり、この時季ならではの中秋の月見にも欠かせない食材である。

「〝蛤は月見と聞いて死ぬ覚悟〟、おいら、この句が好きなんだ」

いかにも三吉らしい好みであった。

「まあ、〝秋風が立って蛤なお旨し〟なんてのよりはいいと思うけど、ところで、蛤って、綺麗な浅瀬で獲《と》れるんでしょう？　蛤の住む浅瀬って、何だか、ぼーっと青く透き通って見えるお月様に似ていない？」

時におき玖は夢見がちな例えをする。

この日の献立は、蛤鍋、焼き蛤、しぐれ蛤、蛤ご飯の蛤尽くしである。

潮《うしお》仕立ての蛤鍋は、水を入れた一人用の鍋を七輪にかけて煮立たせ、味を調えるために酒を少量加え、蛤を殻ごと入れて、貝の口が開いたら、すぐ、箸で取って食べる。

とにかく、これを美味しく食べるためには、料理人よりも客の努力というか、集中力が必要とされた。なぜなら、煮すぎて固くなった蛤は、旨味も汁に出てしまっているので不味《まず》い。さっと火が通っただけの柔らかな蛤は、赤穂《あこう》の塩をぱらりと振って食べるもよし、梅風味の煎り酒を一滴、二滴垂らしても旨かった。

「蛤の煮汁って、白く濁ってるでしょ。見た目が今一つよくなくて、それで、おとっつぁんに、青菜を入れると、引き立つかなって言ったことあるのよ。そしたら、馬鹿って怒鳴られちゃった」

長次郎を思い出したおき玖は、叱られた思い出さえもなつかしそうに話した。

七

「おいら、青菜は悪くねえと思うけどな」

三吉は首をかしげて、

「どこがいけねえんです？」

季蔵に尋ねた。

「たしかに青菜を加えると見た目は引き立つ。春に菜の花を使ったら最高だ。だが、三吉、蛤鍋は一度に蛤を入れて、豪勢に食べるものだろう。煮すぎると身が固くなるから、それこそ、仇《かたき》みたいに蛤を食べることになる。箸休めも兼ねて、青菜を摘むゆとりはないのではないかと思う」

「そう、その通り。おとっつぁんもそんな風に話してくれたわ。それから、蛤だけは何が何でも、余計な味をつけちゃいけないって――」

「とっつぁんに、〝俺は蛤に惚《ほ》れてるんだ。あれほど旨味がたっぷりの貝には、なかなかお目にかかれない〟と聞かされたことがありました」

そう応えながら、季蔵は焼き蛤に移った。

「三吉に蛤鍋と焼き蛤の違いを教えておかなくては」

「あれって、煮るのと焼くのとが違うだけで、あんまし、違わねえようにおいらは思うんだけど――」

「だから、教えるんだ」

季蔵は鍋を外した七輪の上に焼き網を置いた。

焼き蛤はそこに砂を抜いた蛤を置いて、口が開くまで焼き上げる、ただ、それだけの料理である。もちろん、殻つきの蛤に塩を振りかけておくこともしない。しゅうっと貝の汁が吹きこぼれる音がして、蛤の口が開き始めると、先ほどの蛤鍋よりもさらに濃い、旨そうな匂いが漂ってくる。

「やっぱり、浜の栗だわね」

おき玖が焼き上がったばかりの蛤を二つ、皿に移してじっと見入った。

「これもおとっつぁんよ。蛤を焼いてて教えてくれたの。蛤って呼ばれるようになったのは、ほら、こうして、焼いた形が栗に似てるからだって」

「たしかに蛤鍋よりも、栗に似てる、似てる」

釣られて三吉も、おき玖の皿の焼き蛤をしげしげと見た。

「さあ、食べてみましょう」

おき玖は醤油を垂らし、殻を手に取って啜った。

「美味しい。焼き蛤は蛤鍋より手間がかかるけど、やっぱり最高」

「焼き蛤には醤油が普通だけど、煎り酒だって合うと思う」

三吉は梅風味の煎り酒を垂らして、口に運んだ。

「どう？」

おき玖に訊かれて、

「悪くはねえんだけど、ちょいと、蛤の匂いが鼻につくかな」

「煮るよりも焼く方が、瞬時に高い熱が伝わる。煮汁にも旨味が逃げていくことがないので、こうして、焼き上がった蛤は旨味がぎゅっと詰まったままだ。旨いことは旨いが、それに負けないたれをかけないと、潮臭いと感じるのではないかと思う」

「それで醤油か、なるほどね」

「ただし、蛤鍋の方には醤油を使うなよ。蛤の仄《ほの》かな潮の匂いが台無しになる」

「さて、次はいよいよ、しぐれ蛤ね。桑名《くわな》のしぐれ煮が知られてるけど、塩梅屋風があってもいいわ」

おき玖が先を促した。

「たしか、とっつぁんは蛤の佃煮《つくだに》を作ってはいませんでした」

「そういえばそうね」

おき玖は季蔵の真意をはかりかねた。

「でも、季蔵さんはそれを作ってみるんでしょう?」

「しぐれ蛤は作りますが、佃煮ではありません」

季蔵はきっぱりと言い切った。

「それ、どういうこと?」

おき玖は首を忙《せわ》しく左右にかしげた。

「とっつぁんの日記に、時雨《しぐれ》卵という卵料理の作り方が書かれていました。これは溶いた卵とすり身にした蛤を合わせる蒸し物です。わたしが作りたいと思っているのはこちらの方です」

「時雨卵って名前、思い出したわ。あたし、小さかったから、ふわふわして美味しかったのは覚えてるけど、蛤が入ってるだなんて、全然、気がつかなかった」

「とっつぁんは、〝蛤の風味はたいそうよく、貝特有の歯応えがない分、年寄り、子どもでも喜んで食べられる。時雨卵とは名ばかりで、実はしぐれ蛤である〟と書いていました」

季蔵は早速、しぐれ蛤作りにとりかかった。これには生の蛤を使う。殻をこじあけて身を取りだす。この時に貝から出る汁、旨味の元を逃がさないのが肝心だった。

しぐれ蛤の味付けは、海水の塩を含みつつ、旨味の強烈なこの汁だけである。他に調味料を使わないのは、旨味汁の塩味が結構強いからでもあった。

「三吉、庭から山椒《さんしょう》の葉を摘んできてくれ」

「へい」

「あら、入れるんなら生姜《しょうが》じゃないの？」

佃煮のしぐれ蛤の風味づけは生姜である。

「とっつぁんの日記に、〝しぐれ蛤で名高い桑名から来た人に聞いたところ、古くは生姜ではなく、山椒だったという〟とあったものですから」

「おとっつぁんがあたしに食べさせてくれたのには、生姜も山椒も入ってなかったわ。あたし、子どもの頃は、生姜も山椒も好きじゃなかったのよ」

三吉があわてて口を押さえたのは、危うく、おいらもと洩らしそうだったからである。

苦手とまではいかなくても、生姜や山椒には奥義があり、料理に欠かせないものだとは、どうしても、まだ、思えずにいた。

――大好きなあんこや砂糖なぞが深いと言われりゃ、一も二もなく信じるんだが――。けど、うっかり、ここで、相づちを打ったら、おいらも子どもだと思われちまうぞ――

三吉は季蔵の手許《てもと》にきっと目を据えた。

包丁で叩き続けてすり身状になった蛤の身は、溶き卵と同量の蛤の旨味汁、木の芽を加え、丼などの器に移し、ほぼ茶碗蒸しの要領で蒸籠《せいろう》で蒸し上げる。

茶碗蒸しよりも固めに仕上がったしぐれ蛤を、小さじですくい取って、器に盛りつければ、出来上がりであった。

「木の芽が何とも風情があるわね。半月に少しだけかかった雲みたいで。ちょっと待って――」

離れへ走ったおき玖は、しぐれ蛤に似合いそうな、黄土色の下地に緑色の筋の入った彩色皿を出してきて盛りつけた。

「でも、やっぱり、肝心なのは味だから――」

箸でしぐれ蛤を摘《つま》み取って口に入れた。季蔵も箸を取る。三吉だけは、

「おいらは後で」

尻込みしていた。

「あら――」

味わったおき玖は微笑んで、

「茶碗蒸しと違って舌触りもしっかりしてる。これは男の風流ね。お酒に合いそう」

と洩らした。

二人の目に促されて味見をした三吉は、

「早く、おいらもこの味がわかるようになりてえです」

思わず本音を洩らした。

最後は蛤飯である。

これは煮付けた蛤を、汁で炊きあげた飯に混ぜ込んで仕上げる。

「お米の用意はできてるわ」

おき玖が米を洗って、笊に上げていた。

三吉が砂抜きした蛤を鍋に入れ、酒を入れて煮る。貝の口が開いたら、取りだして貝の身を殻から外す。身を鍋に戻して、醤油と生姜を加えて煮る。

味が染みたら身だけ鍋から出して皿に取りだしておく。

鍋に残っている蛤の煮汁に出汁を混ぜて、米を炊く。米が炊きあがって、蒸らす直前に皿に取ってあった蛤を入れれば、蛤飯の出来上がりであった。

蛤は炊きこまない。

烏谷椋《りょうじゅうろう》十郎はこの飯が炊きあがる頃、ちょうど暮れ六ツの鐘が鳴り終わってすぐに、

「邪魔をする」

塩梅屋の戸口を開けた。

「どうぞ、こちらへ」

季蔵はいつものならいで離れへと通した。

「今日は蛤飯だな」

食通、大食らいの烏谷は鼻がよかった。

「あの匂いは炊きたてであろう」

「左様でございます」

「ならば、今日は蛤飯だけでよい」

烏谷は無邪気に舌なめずりした。

「炊きたての蛤飯を賞味するのは久しぶりだ」

奉行職はとにかく忙しい。

「しぐれ蛤ならすぐにご用意できます」

しぐれ蛤は冷めるとさらに固まり、いよいよ食感が酒の肴に向いてきた。

「たとえ名産ではあっても、わしは佃煮は嫌いだ」

烏谷は渋い顔をした。

第三話　伊賀粥

一

　そこで季蔵《としぞう》は、しぐれ蛤《はまぐり》がどのような料理であるかについて説明した。

「なるほど、ならばそれも貰《もら》おう」

「蛤鍋や焼き蛤はどうなさいます？」

「そちらは止《や》めておこう。蛤鍋は懸命に食わねばならず、焼き蛤となると、大酒を飲まねばつまらない。今日は、そうそう、暢気《のんき》に食ってばかりはいられぬだろうに」

　烏谷《からすだに》はそう言って、じろりと季蔵を見据えた。

　それには応《こた》えず、季蔵は蛤飯の椀としぐれ蛤の皿を店から運んだ。

「酒はいらぬ」

　珍しいことであった。

〝旨い酒に旨い料理、どちらが欠けてもならぬ〟というのが、食通烏谷の信条である。

――お奉行はことのほか、緊張しておられる――

烏谷は黙々と食べ続けた。蛤飯こそ、三度椀を替えたが、しぐれ蛤の方は、

「とかく、旨いものは食いすぎてはならぬ」

二皿目を辞退した。

そして、茶が運ばれてきて一啜《すす》りすると、

「さて、話を聞こう」

季蔵の顔に探るような目を走らせて、

「そちもなかなか、食えない男になった」

口元だけで笑った。

「前は顔を見れば、言いたいこと、考えていることの大半は見当がついたものだったが
──」

「お訊《き》きしたいのは、森田藩下屋敷の中間《ちゆうげん》部屋のことです」

「なにゆえにそちが訊かねばならぬ？」

烏谷の怒りが漲《みなぎ》りかけた。

「出過ぎた物言いとは承知しております。ですが、どうしても、お訊《たず》ねしなければならない事情がございまして──」

季蔵は三軒の米問屋が毒で殺され、下手人が自害を装わされて、殺されたとしか思えないと訴えた。

「そのことなら聞いておる。しかし、この一件のどこに不審があるというのだ？　自害し

た貞吉《さだきち》は稲荷《いなり》の松の木で首を括《くく》って果てた。その骸《むくろ》に殺しの痕《あと》でもあったというのか?」

季蔵は貞吉の骸を見ていなかった。

「そちの言い分を聞いていると、親しかった老爺《ろうや》の思い込みに、振りまわされているかのようだ」

「しかし、三軒の米問屋と三田の屋敷は、関わっているのではないかと——」

これはまず、間違いないと確信していたのだが、

「関わりはない」

烏谷は言い切った。

「神かけて誓う。あの三人は揃《そろ》って食べ物に目が無かったが、博打《ばくち》にはまるで興味を持っていなかった。本当だ」

季蔵は烏谷の目を見た。

諭《さと》すようなその目が、嘘《うそ》をついているとは思えなかった。

「ただし、博打好きに付け込んで、貞吉を操っていた黒幕のことは気にかかる。こちらの方の手がかりがあるのなら、是非、訊きたい」

「ございます」

答えたものの、

——しかし、これを伝えるには、お利《り》うのことも話さなければならない——

躊躇《ちゅうちょ》していると、

「いったい、どうしたのだ？」

烏谷の声は一段と優しくなった。

「率直が取り柄のそちらしくもない。どのような話でもここだけで聞く。話してみよ」

――もとより、隠すような話ではない――

「実はおかしな形《なり》の女と子猿に出遭ったのが始まりで――」

季蔵はお利うとの出遭いから、今日までのことを話した。

「ほう、そ奴の名は利うと言うのか。お利うが貞吉や弥平次《やへいじ》、三田の森田藩下屋敷に関わっていたとは初耳だ」

ぎらりと目を光らせた烏谷は、お利うを知っているかのような口ぶりで、

「わしを侮ってはいかんぞ。こう見えても、地獄耳なのだから。それゆえ、たいそう可愛《かわい》い子猿を連れた、おかしな形の奴が、市中をうろついていることは、とっくに耳に入っておる」

幅広の胸をさらに広げて見せた。

「しかし、女だとどうしてわかった？　巷《ちまた》では前髪を揃えた若侍の髷《まげ》に結って、足下《あしもと》はまるで、岡っ引きのようなおかしな形だというぞ」

「それは――」

一瞬、戸惑ったが、

「傷の手当てをしてやりましたので」

季蔵は額に脂汗を滲《にじ》ませた。

「お利うとそちは、どう関わったのだ？」

まさか、相手が裸になって、観音が彫りつけられた背中を、見せつけてきたとは言えなかった。

「眠り薬を使う技を見ました」

これも事実である。

「ほう――」

烏谷は、ははははと声だけで笑って、

「これは面白くなる。すると、お利うはくの一のようだな。だとすると、貞吉や弥平次、三田の屋敷との関わりは深いものがありそうだ」

少しも面白くなどない証《あかし》に眉をひそめていた。

それから、烏谷は急に、やっぱり酒だと言い出して、季蔵は裏庭の縁先に七輪を運び、網をかけ焼き蛤を焼いた。

大徳利から手酌で飲む烏谷の膳に、焼けた蛤の皿が繰り返し置かれていく。

しばらく、二人に無言が続いた。

「季蔵」

不意に烏谷が声をかけてきた。

「何でございましょう？」

「そちは今、瑠璃《るり》だけではなく、お利うという正体のわからぬ女まで案じ始めている。案じることが増えるのは辛《つら》かろう」

――お利うへの想《おも》い？　そんな――

「案じることが多いのはお奉行も同じでございましょう」

「そうだ。案じる相手は女とは限らぬ。世のため、人のためと、御定法を曲げてまで、わしが守り育ててきた下屋敷の中間部屋が、腐るのを認めるのも、遠い先ではなさそうだ」

季蔵はこれほど湿った烏谷の声を初めて聞いた。

「御政道が金を生めば必ず、人が腐る。困ったものだ」

愚痴めいた物言いさえした。

夜更けて、立ち上がった烏谷は、送りに出た季蔵の耳に口を寄せて囁《ささや》いた。

「せめて、そちが案じるお利うに会わせてやろう」

――酔っておいでなのか、それとも――

すでに烏谷は立ち去っていた。

――戯《ざ》れ言でなかったとしたら、お奉行はお利うが貞吉や弥平次、森田藩下屋敷中間部屋に関わっていることも含めて、何もかも、ご存じだったことになる――

そしてこの夜、季蔵は、これほど強いにもかかわらず、意外にも、一度として瑠璃に対する後ろめたさにつながらなかった、お利うへの想いに驚いていた。

惹《ひ》かれているのではなく、案じているのだとわかっている。だが、それだけではなかった。

――あれだ――

再び、笊《ざる》の里芋を見ていたお利うの目が思い出された。狙《ねら》った獲物を見るような目――。

季蔵はお利うに自分の一部を重ねていた。子猿しか寄り添う相手がいないかのようなお利うが、くの一ならば、生まれ落ちた時から、天涯孤独なのではないかと思われる。

お利うと違って、塩梅屋《あんばいや》で働く季蔵の周りには人が絶えない。両親や弟夫婦、元気に育っているという赤子の甥《おい》もいる。だが、主家を出奔《しゅっぽん》し、死んだものとされ、帰る家とてない身は、身内の死に目にも遭えない。

人とのつきあいは一膳飯屋の主《あるじ》としてのもので、隠れ者の裏稼業を明かすことは誰にもできない。巻き込めば必ず相手に相応の災禍が降りかかる。毎日、顔を合わせているおき玖《く》や三吉《さんきち》、兄貴と呼んでくれる豪助《ごうすけ》たちとの距離を縮めてはならないのだ。

唯一のよりどころは瑠璃だったが、正気を失ったその心はまだ、閉ざされたままである。

――お利うの目は、自分しか頼る者のいない、真の孤独に培《つちか》われてきた――

季蔵は今まで、お利うと一言も言葉を交わしたことがない。にもかかわらず、お利うの孤独に想いを馳《は》せずにはいられなかった。

――なぜか、あの目に励まされる。まるで、おまえの孤独など足下にも及ばないと、嘲《あざけ》られているかのようだ――

季蔵もまた、いわく言い難い、長く切ない孤独に耐えてきていた。

二

烏谷からの文が届いたのは三日後のことであった。

文には、〝明日、七ツ（午後四時頃）過ぎ、平子屋《ひらこや》前の茶屋二階で待て〟とあった。

――やはり、お奉行は何もかもご存じだった――

緊張が走った。

――お奉行はずっしりと重いものを抱えておられる――

「お奉行のお誘いで出かけてくる。三吉、後をよろしく頼むぞ」

その日、店を出た季蔵は、家へ戻って、薬箱の中の金子《きんす》を懐にしまった。お利うに返してやるためであった。できれば、もう、博打は止めるよう諭すつもりでいる。

平子屋の向かいにある茶屋の二階に上がった。部屋の窓からは店の様子が見渡せる。

七ッが近づいてはいたが、初秋の空はまだ仄明《ほのあか》るい。

――しかし、なにゆえ、お奉行はわたしをお利うに会わせようとするのだろう。あのお方が、想いを叶えてやろうという心遣いだけで、このような骨折りをなさるとは到底思えない。これにはきっと何かある――

季蔵は背中がぴりぴりしてきた。緊張は続いている。

駕籠《かご》が店の前に止まった。数人の店の者たちに見送られ、足の不自由な小柄な男が乗り込んだ。

——お奉行から伺った通りだ。間違いない——

季蔵は茶屋の階段を下り、路上に出たとたん、路地に潜んでいたお利うの姿が目に入った。

お利うは肩に乗せた小吉と共に、八間（約一四・五メートル）ほど開けて、平子屋から遠ざかっていく駕籠を追っている。季蔵はそのお利うを見失うまいとした。

当初、季蔵は駕籠の行き先は三田の屋敷だと思い込んでいた。だが、駕籠は赤羽橋を左へ折れる。この先の金杉通りには長月茶屋がある。入口の豪奢《ごうしゃ》な石灯籠《いしどうろう》に灯《とも》が点っていた。

弥平次は足を引きずりながら、長月茶屋の中へと消えて行った。

——これで、貞吉と弥平次がつながった。だが、一軒家の賭場に通っていた貞吉と、森田藩下屋敷の中間部屋を牛耳《ぎゅうじ》る弥平次は、どのようにして知り合ったのだろう。御大尽でもない貞吉が森田藩下屋敷へなど招かれることはあり得ない。弥平次があの賭場と関わっていれば、貞吉の弱味につけ込むこともあり得る。弥平次が森田藩下屋敷中間部屋だけでは飽きたらず、市中の賭場に爪を伸ばしていたとしても不思議はない——

季蔵の頭に浮かんだ疑問はこれだけではなかった。

——お奉行の話が真実とすれば、米問屋の三人と弥平次の間に関わりはない。貞吉を使っての三人の死と、弥平次の利が結びつくとしたら、殺しのための殺しということになる。裏稼業でなら、これもまた、あり得ることだ。弥平次が利のある稼業と見て、見境なく、屍《しかばね》を累々と積み上げてまで、わが物としようとしているのだとしたら——

季蔵はぞっと背筋が冷たくなった。

以前から、人殺しを生業《なりわい》とする者がいるであろうことは見当がついている。

——人は優しく美しい心根で善行を施《ほどこ》したいと心がける反面、恐ろしいほどの憎しみの情に操られることもあり、また、利が反する相手などの邪魔者がいなければと願うものだ。それが人の心というものだから、金と引き替えに請け負う者がいるとなると、これはもう、きりがなくなるだろう——

もっとも、隠れ者の季蔵にも、お役目で人を殺《あや》める成り行きはある。だが、金のために命を奪うのではなかった。

季蔵はずっと以前、虎翁《とらおう》と呼ばれた市中きっての大黒幕が落命した時、烏谷が嘆いた言葉を思い出した。

〝これで江戸の闇はますます深くなる〟

——すべての利権に通じていたあの虎翁は、人殺しの生業についても、差配していたはず——

しかし、今はもう、虎翁の目は届いていない。非道がいかようにまかり通っても不思議はなかった。

お利うは弥平次が入っていくのを見届けると、長月茶屋から離れて歩き始めた。

——三田へ行くのだろうか？——

しかしすぐに、お利うの足が、三田へは向いていないことに気づいた。

――いったい、どこへ行くのだろうか？――

名月が近づいていて、幸いの月夜ではあったが、新堀端は暗かった。お利うは人通りの途絶えた寺地の間の夜道を、走るように駆け抜けていく。

――まるで、暗がりに目が利くかのようだ――

季蔵は後を追うのに骨が折れた。

お利うが足を止めたのは、鬱蒼《うっそう》と茂る竹藪《たけやぶ》に囲まれた、手入れの悪い一軒家であった。中から光がもれている。

――またしても賭場か――

竹藪に隠れるように建っているこの家は、御定法をおかして開かれる賭場には、まさにうってつけであった。

お利うは軒下まで竹藪に沿ってすいすいと歩いた。

キキキィ――。

小吉が緊張の一声を上げて、一人と一匹は中へと消えた。

季蔵もならって竹藪に沿って歩いた。耳元で藪蚊の大群が唸《うな》り声を上げているのを聞きながら、何とか戸口まで行き着いた。

「面白いところがあると聞いてきた」

目つきの鋭い若者が、軒下に立って、空いている片手でぽりぽりと蚊に刺された首を掻《か》いている。

「遊ばせてくれないか」

相手は無言で、首を掻いていた手を止めると掌を見せた。

「そうだったな」

季蔵が持ち合わせていた小粒金を相手の掌に載せると、やっと若者は中へと続く戸を開けてくれた。

──賭場を覗《のぞ》くのは初めてだ。まるで、勝手がわからない──

季蔵は戸惑いながら、廊下を奥へと進んだ。突き当たった部屋の板戸の隙間《すきま》から煌々《こうこう》と灯りが洩れ出ている。

季蔵は板戸を引いて中へと入った。並みいる者たちのぎらついた目に射すくめられる。

だが、これは一瞬にすぎなかった。ぎらついた多数の目は、すぐに季蔵から逸れて、褌《ふんどし》姿で全身彫り物の壺振《つぼふ》りの一挙一動に貼りついた。

──なるほど、お利うのような形の者でも、今、ここで、すぐにつまみ出されることはないわけだ──

季蔵は男たちに混じって座っているお利うを見た。

──入った時、お利うもわたしを見て、気がついたはずだが──

お利うは季蔵と目を合わせようとしない。

じっと見ているのは壺振りの右手の小指であった。

──やはり、あの目だ──

男たちのように血走っても、ぎらついてもいないが、冷ややかに獲物を仕留めようとしている。

ぽんといい音がした。壺振りが籐《とう》に紙を張った壺皿に、鹿の角の賽子《さいころ》を入れる音であった。壺皿がくるりとまわされて、金糸銀糸の盆座布団に伏せられ、二度ほどつつっと動かされる。

お利うは姿勢を崩さないが、男たちは知らずと身を乗り出す。

「半」

お利うだけが一人、続けて賽子の目を言い当てた。そのたびに、キキキィ、キキキィと小吉がうれしそうに鳴き、男たちの目は驚きから怒り、憎しみに変わった。

「丁」

「丁」

「半」

お利うは自分の前に金子《きんす》が積まれても無表情であった。

「こんなおかしな形の奴にツキがまわるなんてこと、あるわけねえ」

無宿者《むしゅくもの》と思われる両肌《もろはだ》脱いだ男が、お利うと壺振りに顎《あご》をしゃくった。

「おおかた、つるんでやがるんだ」

「いかさまは、許せねえな」

もう一人の両肌脱ぎが加勢して、二人は同時に立ち上がった。

するとそこへ、

「まあまあ、皆さん――」

中年者が駆けつけた。

「うちの壺振りに限って、皆様のお目に障ることなどするわけがございませんが、このようにお疑いでは、せっかくのお遊びが台無しでございましょう。今日の勝負はご破算とさせていただき、どうか、また、日を改めておいでくださいませ」

驚くほどの愛想の良さであったが、お利うに対しては、

「おまえには話がある」

憎々しげに促した。

お利うを立たせると、小突くようにして、勝手口へと連れて行く。

――これはいかん――

季蔵は代わりに殴られる覚悟を決めた。

キイーッ、キイーッ
小吉は小さな歯を剝《む》きだして精一杯、憤慨している。

「ったく、うるさい猿だ。こいつも一緒に思い知らせてやらねえとな」

三

季蔵は立ち上がって廊下へ出た。

「何か？」

じろりと不審な目を向けられた。

「こいつで許してやってくれないか」

季蔵は財布から小粒金を一つ摘《つま》み出した。

中年者は黙っている。

「ちょいと手を貸せ」

相手が掌を見せた。

「これでどうだ？」

まずは手にしていた小粒金を載せて、あともう一つ足した。

掌に小粒金は載ったままである。

「欲もほどほどにしないと火傷《やけど》するぞ」

「あんた、今はそんな形《なり》をしてても、元は侍のようだな。言葉遣いでわかる。するってえと、そいつも元は若様かい？」

にやっと笑って、中年者は小粒金を袖《そで》の中に収めた。

季蔵はお利うの腕を摑《つか》んで、入ってきた戸口へと急ぐ。

「キキキキッ、キキキキッ」

小吉が嬉《うれ》しげに鳴いた。

竹藪を抜けて歩き始めたが、お利うは無言である。

「そうだった――」

季蔵は立ち止まって、懐から持参してきた金包みを取りだした。

お利うは止まらずに先を歩いている。

「ちょっと待ってくれ」

ようやくお利うが振り返った。怒っているような目の色である。

「いつぞやの金を預かっている」

季蔵は金の包みを差し出して、

「膏薬《こうやく》や里芋の代金にしては高すぎる」

「あたしは許してもらわなきゃ、なんないようなことはしちゃあいないよ」

〝丁〟、〝半〟と勝負を張る時以外で、初めて聞くお利うの声であった。思っていたのとは違って低く、甲高くない。しっとりと落ち着いている。

「博打は不慣れだが、たぶん、壺振りの小指がいかさまを働くのだろう?」

季蔵にはそれしか思いつかない。

「そうさ。壺振りがつるんでるのは胴元なんだから――」

胴元が賭場を仕切っていて、表向きは場所代が懐に入ることになっているが、この仕組みが曲者で、賭《か》け金が高ければ高いほど場所代は吊り上がる。

また、胴元の手下が客に化けて大きく賭ければ、その金はまるまる儲《もう》けとなる。あくどい賭場では、胴元が都合よく儲けられるよう、賽子の目を操作できる壺振りを始めとして、客のふりをした手下が賽子を懐や座布団に隠すなど、当たり前のことのように、目に余るいかさまが横行していた。

「知らぬは客ばかりか。しかし、なぜ、おまえ一人がいかさまの向こうを張って、勝ち目を言い当てることができたのだ？」

季蔵は不思議でならない。

「壺振りの小指を見ていたから――」

お利うはうつむき加減にひっそりと呟《つぶや》いた。

「とはいえ、壺皿の中までは見えはしまい？」

お利うが答える代わりに、小吉が飼い主の目を指して、キキッ、キキッと得意そうに鳴いた。

「まさか――」

小吉はお利うの目を指し続けている。

「おまえには見えるのだな」

お利うはこくっと頷《うなず》いた。

「人の見透せないものが見える。その力を使って、勝負に勝つのは公正を欠く。やはり、おまえのしていることは許されぬものだ。違うか？」

当然、怒るだろうと予測していたが、お利うはうなだれた。

――よかった――

季蔵はお利うが、尋常でない己の力に酔い痴《し》れているのではないとわかって安堵《あんど》した。

「金が必要だったはずだ」

お利うは無言のまま季蔵を見た。

「受け取ってくれ。説教がましい物言いをしたが、もとより、この金はおまえのものだ。使い途《みち》など訊きはしない」

「ありがとう」

金包みを手にしたお利うは背を向けると、すぐに走り出そうとした。

「どうしても、一つ、訊いておきたいことがある」

——弥平次の後を尾行《つけ》るからには、手下ではない。とすると——

「もしや、北町奉行の烏谷椋十郎様の配下か?」

振り返ったお利うは、

「奉行なんぞと知り合いであるもんか」

反感をこめた目で吐き出すように言い捨て、みるみる季蔵から遠ざかって行った。

——お奉行のお手先でもないとすると、なにゆえ、お利うは弥平次を尾行ていたのか?

謎《なぞ》は深まるばかりであった。


——

翌日、翌々日と八ツ刻になっても、塩蒸し焼き芋屋の二平《にへい》は訪れなかった。

三吉と二人、首を長くして待っていたおき玖は、

「あたし、真似《まね》てみることにしたのよ」

米を炊く釜を使って、塩蒸し焼き芋を作ってみると言い出した。

「おいらも手伝います」

三吉は塩と唐芋を買いに走った。

三吉が息を切らして戻ってくると、早速、釜に塩を詰めて火にかけて、あつあつに熱し、

「この頃合いが大事よね」

おき玖が唐芋を埋めていく。

「邪魔するぜ」

戸口で松次《まつじ》の声がした。

「お役目、ご苦労様です」

塩蒸し焼き芋の火加減に目を凝らしているおき玖の代わりに、季蔵は素早く、酒と甘酒を二人の前に調えた。

「お疲れのようですね」

二人の特に松次の顔が沈んで見えた。

「親分、もう少しで、市中一、美味しい焼き芋ができますよ。是非、召し上がってみてくださいね」

おき玖が振り返って声をかけると、

「焼き芋か――」

松次の表情は輝かなかった。

「親分の好物でしたよね」

念を押したおき玖は怪訝《けげん》でならない。

「まあ、常はそうなんだが――」

二人に背中を向けて、火加減に集中し続けるおき玖は、

「だったら、待つ甲斐《かい》はあります。何しろ、食通で知られる甲州屋《こうしゅうや》の御隠居さんまで、贔屓《ひい》
肩《き》にしてるっていう、塩蒸し焼き芋屋の二平さんに教わって、こうして、真似て作ってる
んですもん。どうか、お楽しみに――」

明るい声を上げたが、

「旦那」

松次と田端《たばた》は、何やら、深刻な様子で顔を見合わせた。

「何かあったのですか?」

季蔵は訊かずにはいられなかった。

「実は今さっき、甲州屋へ行ってきたところなんだよ」

松次はおき玖が見張っている釜を胡散《うさん》臭げに見つめた。

「甲州屋の隠居徳三《とくぞう》が、二平なる者の届けた塩蒸し焼き芋を食べて死んだ。蒸し釜の塩に
たっぷりと毒を仕込んだとみえる。残りの焼き芋を鼠《ねずみ》に食わせたところ、ことごとく、血

を吐いて息絶えた。またしても、石見《いわみ》銀山鼠捕りが使われた」

田端は起きた事件を淡々と語った。

「そんなこと‼」

真っ青になっておき玖は振り返った。

「まさか二平さんがお縄に？」

おき玖は左右に激しく首を横に振って、

「あの人が下手人だなんて、あるはずないんです」

畳みかけるように言った。

「届けた二平は御隠居が会いたいと告げたにもかかわらず、〝急ぐ用があるから〟と、すぐに帰りたがったそうだ。代金を渡すと逃げるように店を出て行ったという」

田端は二平について話した。

「二平さんは甲州屋の御隠居さんに認めてもらえたことを、それはそれは誇りにして、喜んでました。その二平さんが会うのを断って、帰ってしまったなんて、きっと、何かの間違いです」

おき玖は言い張った。

「二平が出て行くところを、何人もの店の者たちが見てる。残念だが間違いねえんだよ」

松次は諭すように言った。

「それで、二平さんの行方《ゆくえ》は？」

ことさら季蔵は案じられた。

――貞吉の時と同じ顚末《てんまつ》にならねばよいが――

「まだ、わからねえ。それっきり、姿を消しちまった。家にも帰ってはいねえようだ」

松次は口をへの字に曲げて、

「この間の甘鯛に次いで焼き芋だろ。こう始終、食い物に毒が仕込まれちゃ、世も末だよ。こちとら、何が楽しいかって、時折、旨いもんを食うことぐらいなのに、こんなことが起きちゃ、好きなもんもおちおち食っちゃあいられねえ」

湯気の上がっている釜を一睨みした。

――一刻も早く、二平さんの居所を突き止めねば――

季蔵は気持ちが急《せ》いた。

四

二人が出て行くと、

「あたし、これから二平さんのところへ行ってみようかしら？」

おき玖も気が気ではない様子であった。

「もしや、思い詰めでもしたら――」

「わたしに任せてください」

――黒幕に見当がついているだけに、これは関わらせては危ない――

「それじゃ、ここはあたしと三吉で何とかするから、すぐに行って」

「そうさせてもらいます」

店を出た季蔵は二平の長屋へと急いだ。

木戸を潜《くぐ》ると若い母親が、赤子を背負い子守歌を口ずさんでいるのに行き合った。挨拶《あいさつ》をして二平のことを訊ねると、

「二平さん？　そういや、何日か姿を見ないね」

答えたとたん一緒にいた男の子が、するすると木戸に向かって、歩き出した。

「どこへ行くつもりなんだい？　外は危ないってよく言ってあるだろ」

腕を掴まれて、どやされたやんちゃ盛りの男の子は、〝痛《い》てえよう〟と悲鳴を上げて、ばたばたと暴れ、背中の赤子も泣き始めた。

「おいら、二平の小父《おじ》ちゃんを見つけに行くんだ」

母親を睨んだ。

「あの小父ちゃんがいないと、大好きな塩の焼き芋が食えないんだもん」

「たかが焼き芋のために人攫《ひとさら》いにでも遭ったら、どうするんだい。売られて遠くへやられて、二度とあたしたちには遭えないんだよ。それでもいいのかい？　この子ときたらほんとに食い意地ばかり張ってて――情けないったらありゃしない」

睨み返した母親はため息をついた。

「人攫い――」

この一言が効いたのだろう、男の子はうなだれた。

「ところで、どこへ探しに行くつもりだったのかな？」

季蔵は優しく尋ねた。

「あの小父ちゃんの故郷」

男の子はきっぱりと言い切った。

「なぜ、そう思う？」

「塩蒸し焼き芋って、ほんとは塩を取る大きな大きなお釜で作るものなんだって。その話する時の小父ちゃん、とっても、うれしそうだった」

「そこがどこかは聞いてない？」

「塩釜があるんだから、海だよ、きっと」

「この馬鹿、そんなこたあ、当たり前じゃないか」

母親は、子どもの腕を摑んだまま、泣きだした赤子をあやしながら、

「二平さんとこはあそこを曲がったところだよ」

長屋の端を顎でしゃくると、そそくさと三軒先の自分の部屋に入ってしまった。

季蔵は二平の部屋の前に立った。

油障子を開けて中へと入る。

手狭な厨《くりや》にどんと釜が鎮座している。使い込まれ、油が塗られているのか、充分に手入れがされていて、鉄が渋い輝きを放っている。

——この釜に塩と石見銀山を混ぜて、唐芋を蒸し上げたというのか？——

季蔵は信じたくなかった。

茶碗、湯呑み、箸、皿、どれも一人分しかなく、煎餅蒲団《せんべいぶとん》が畳まれているものの、座布団は見当たらない。釜以外は全体に煤《すす》けた印象であった。

——似ているな——

この侘《わ》びしい家の様子は、自分の住処《すみか》に似ていると季蔵は思った。

——飯を炊く釜までないのか——

飯炊き用の釜は見当たらなかった。塩蒸し焼き芋のコツを摑めず、苦しかった時に手放してしまい、以来、二平は米の代わりに唐芋を食べて空腹を満たしていたのかもしれない。

——たしかに焼き芋は旨いが、唐芋は元を正せば飢饉《ききん》のためのもの、米の代用品だ——

そう思うと季蔵はたまらなくなった。

——ここまでの苦労を重ねて、天下一品の塩蒸し焼き芋を作り上げたというのに、それが禍《わざわい》を呼んで、お上に追われる身となり、身を隠しているとは——。きっと、神も仏もないと心が折れていることだろう——

季蔵は思わず神棚を見上げた。

——こんな場所にこそ、神様にいらしていただきたいものだが——

神棚に神社の札が立てかけられている。今のところ、効き目があったとは言い難いその札を季蔵は手に取った。

御札は豊受《とようけ》神社のものであった。豊受神社に祀《まつ》られているトヨウケは、高天原《たかまがはら》を治める最重要神アマテラスの食物係をつとめる神である。その神が祀られている豊受神社は下総《しもうさ》の行徳《ぎょうとく》村にある。

行徳村は〝行徳千軒、寺百軒〟と言われるほどに塩で栄えていた。

――二平さんは郷里の行徳を後にする時、何かお守りをと思いつき、豊受神社へ御札を貰いに行ったにちがいない――

御札を神棚に戻した季蔵は、

――お願いです。どうか、二平さんをお守りください――

深々と頭《こうべ》を垂れた。

翌朝、夜の明けるのを待って季蔵は日本橋の行徳川岸から一番船で行徳を目指した。行徳へは三里八丁（約一二・八キロメートル）の水路で行けば、塩梅屋の仕込みが終わるまでに、ゆうゆう戻って来られる。

小名木《おなぎ》川、中川と船が進み、乗客の幾人かが弁当を広げた。季蔵も梅ごはんの握り飯を一つ腹に入れた。ようよう行徳は新岸に船が着けられた。船を降りると季蔵は、すぐ近くの茶屋に立ち寄った。まだ早いせいか、幸いにも客は季蔵一人である。

「へい、何をさしあげましょう」

四十絡みの痩《や》せた主が茶を運んできた。

季蔵は団子を頼み、二平の様子を話して、見かけなかったかと訊いた。

「さて——」

主は当惑顔で、

「お客さんのお話によれば、お友達の風体《ふうてい》は布袋《ほてい》様みたいなのでしょうが、なにぶん、ここには、日に数え切れない人々が立ち寄ります。布袋様に似ている男だって、何人もいて、誰が誰やらわかりません。すみませんが、立ち寄らなかったとも、立ち寄ったとも、はっきりしたことは言えないんですよ」

神経質そうに目を瞬《まばた》かせた。

するとそこへ、

「大変、大変、おとっつぁん」

主とはうって変わり、ころころしていて、田舎《いなか》のおちゃっぴいという表現がぴったりの若い娘が、小道を走ってきた。息を切らしている。

「おみい、お客さんの前だぞ」

主は案じる顔で窘《たしな》めた。おみいの顔は蒼白であった。大きな目が恐怖で飛び出て見える。

「だって、おとっつぁん、裏の鎮守の森でひ、ひとが死んでる——、あ、あたしはもう怖くて、怖くて」

おみいは胸を押さえて、激しく喘《あえ》いだ。

「おまえ、夢でも見たんじゃないのか?」

叱《しか》りつけた主も顔色をなくしかけている。

——もしかして——

不吉な予感が季蔵の胸をよぎった。

「どうか、鎮守の森へ連れ行ってください」

おみいに頼んだが、

「あたしは、いや」

何度も頭を横に振り続け、

「それではせめて、見つけた場所を教えてください。もし、友達の身に何かあったとしたら、そのままにはできませんから。お願いです」

すがるように季蔵は食い下がった。

「一番奥にある櫟《くぬぎ》の木に人がぶらさがってた。ああ、もう、いや、いや、思い出したくない」

おみいはひいっという悲鳴を上げた。

「仕方がありません。近くまでなら、あたしが案内します」

渋い顔の主が、先に立って歩き出した。

「それではここで」

主に立ち去られた季蔵は、そろそろ葉が色づきはじめている櫟の木々の間を歩いて、奥へと進んで行く。

その間、土の上に続いている足跡に目を凝らす。二人分が見てとれた。足跡は飛び抜けて大きなものが、並みの大きさの足跡を追いかけている。並みの方は二平のものであってもおかしくない。

なぜか、途中で足跡は大きなものだけになる。

――どうして、一人の方が消えたのか？――

立ち止まったのは、足跡が止まっている場所であった。そばに草履《ぞうり》が落ちている。足跡は大きいが草履は並みである。

思わず上を見上げると、かなりの樹齢と思われる椚の大木から、だらりと骸となった人が垂れ下がっている。

丸い顔が目に入った。

――やはり――

死んでいるのは二平に間違いなかった。

――酷すぎる――

手を合わせた神棚の神を呪《のろ》いたくさえなった。いわく言い難い怒りと悲しみが季蔵の胸を浸した。

五

草履と比べるために、季蔵は二平の裸足《はだし》の足を見た。

――大きさが合っている。だが、なぜ、草履がここにあるというのに、二平さんの足跡がないのだろう――

不思議に思って、さらに巨木の根元を調べると、大きな足跡がべたべたと重なり合っている。

――これは、この足跡を持つ者が忙しく動いた証だ――

季蔵はもう一度、元来た道を辿《たど》ってみた。二平の足跡が消えた場所にも、大きな足跡が重なって土に食い込んでいる。よく見ると消えかかってはいたが、二平の足跡もあった。

――ここで小柄だった二平さんは、尾行てきた大男に捕らえられ、抱きかかえられて、あの椚まで運ばれたに違いない――

そう考えると、二平の足跡が消えた理由もわかる。

――しかし、何という――

大男は立ったまま、片手で二平を押さえ込みながら、用意してきた麻縄を木の枝に通して、無理やり、人形でもぶら下げるように二平に首を括らせたことになる。

――足跡にさえ不審を抱かなければ、二平は覚悟の上の自害と見なされるだろう――

季蔵は大木を見上げた。

二平を下ろしてやりたいのは山々だったが、ぶらさがっている枝の高さは、季蔵の頭二つ分より、なお高い場所にある。とても手が届かない。

――あの途方もなく大きな足跡の持ち主は、見上げるほど背が高く、並みの男を赤子のように抱えられるほどの怪力なのだ――

季蔵は慄然《りつぜん》とした。

この後、季蔵は茶屋の主に近くの若い衆を呼んでもらい、ああでもない、こうでもないと骸を下ろす算段を試みたが埒《らち》があかなかった。とうとう最後は、土地の役人に言われた誰かが、梯子《はしご》を持ってきて骸をやっと下ろした。

この間、相変わらず、主は楽しそうではなかったが、骸に関わって一休みする者たちのために、娘と二人、せっせと無言で茶や団子を運び続けた。

筵《むしろ》にくるまれ、戸板に載った二平の骸が、鎮守の森を後にしようとした時、幼子の手を引いた女が駆けつけた。

肌こそ漁師焼けして浅黒く、着ているものも洗いざらしの木綿《もめん》ではあったが、整った顔立ちの女である。

男の子が先に、握っていた母親の手を振り切って戸板の骸へと突進した。二人は戸板の上の二平にすがりつくと、

「あんた」

「ちゃん」

号泣した。

翌々日、塩梅屋を田端と松次が訪れた。

行徳から戻った季蔵は、すでに松次にこの成り行きを文で報《しら》せてある。

二人はまずは酒と甘酒で喉を潤すと、

「ご苦労だったな」

松次は言葉だけでねぎらった。その目は〝何で、一人で行徳へ行ったのか？〟と非難している。

「お報せしようとは思ったのですが、なにぶん、わたしの素人判断ですからね。わざわざ行徳まで、出向いていただいて、見当外れだったら、かえって、ご迷惑かと遠慮したのです」

その気持ちに偽りはなかった。季蔵はこの二人と競うつもりなど微塵《みじん》もなかった。

「まあ、こっちも遊んでたわけじゃねえ」

松次はやや勿体《もったい》をつけて、

「贔屓の客たちに聞き回ってた。実は毒入りの塩蒸し焼き芋のことで、わかったことがあるのさ。毒入りは二平が蒸したもんじゃなかった」

「誰かにすり替えられたんだわ。そいつが真の下手人よ。何もかもそいつのせい――」

居合わせたおき玖は、季蔵が二平の死を告げて以来、憤懣《ふんまん》やる方なかった。

「美味しい塩蒸し焼き芋で、みんなを喜ばせてたあんないい人が、どうして死ななきゃならないの？　世の中、死んでもいい相手は、ほかにいっぱい、いるはずじゃない。お上はぼやぼやしてないで、何としても、真の下手人を捕まえて、二平さんの仇《かたき》を取ってもらいたいわ」

　季蔵と二人の時にはそこまで言った。

「そう、急ぎなさんな」

　松次はおき玖の方は見ずに苦笑した。

「もしや、唐芋の違いでは？」

　季蔵は言い当てた。

　頷いた松次は、

「その通り。二平が仕入れてたのは、川越から届く芋で、そうはたやすく手に入らねえもんだそうだ。ところが、毒入りの方は、このところ、神田にある青物屋が仕入れて、市中で売り歩いてたもんだった。皮の色が赤いこいつも、ほっこり甘くて、質は悪くねえんだそうだよ」

「売っている皮の赤い唐芋を買った者は、釜に毒を混ぜた塩を詰め、唐芋を入れて蒸し上げたわけですね」

　季蔵は念を押した。

「そういうことになる」

「でも、それって大変よ」

おき玖は首を横に振った。

「甲州屋の御隠居さんは名だたる食通。その人が、毒入りの塩蒸し焼き芋を食べて逝ってしまわれたのは、毒入りがそれなりに美味しかったからよ。石見銀山は味がしないっていうから、気にならないとしても、美味しく蒸し上がってなきゃ、食べ続けやしなかったはずだもの。真の下手人がそこまでの修業をしてたとは、あたし、到底思えない」

先だって、おき玖が張り切って拵《こしら》えた塩蒸し焼き芋は、塩の風味こそ悪くなかったが、いささか蒸し上がった身が固かった。

「二平さんが蒸したのだと思います」

季蔵は言い切った。

「そんなはずないわ」

おき玖は季蔵を睨んだ。

「だったら、やっぱり、二平が下手人じゃねえか」

松次が畳みかけた。

「けど、何で、わざわざ、芋を変えるなんてことするんだい？」

黙って盃を傾け続ける田端の方を見た。

「二平は何者かに脅されて、毒入りの塩で芋を蒸し焼きにしたのだ。そして、それを甲州屋へと届けさせられた」

田端が断ずると、目で頷いた季蔵は、

――なるほど、それで、あの塩釜があれほど光っていたのか。毒入りの塩蒸し焼き芋を作らされた二平さんは、長く、世話になってきた塩釜が汚されたと思い、せめてもの罪ほろぼしにと夢中で清めたのだろう――

油さえ塗られていた塩釜の輝きを思い出した。

――あれが二平さんの最後の意地だった――

一方、おき玖はほっと息をついて、

「その何者かが、真の下手人だとしたら、よかった。二平さんは誰かに脅されてやったことだったんだわ」

「脅されるには、それなりの理由があるはずだ」

田端の目は季蔵を見据えている。

「これは行徳で聞いた話です。二平さんにはおかみさんと坊やがいました。坊やは六つで、二平さんが江戸の海産物問屋に奉公に出た年に生まれています。おかみさんは近くの料理屋で働いていて、二平さんと知り合い、所帯を持つ約束をしていたのだそうです。当時、続けて両親を亡くした二平さんは、心がささくれ立っていました。わたしたちのよく知っている、あの二平さんからは、想像もできませんが、何かといえば、人を脅す、どう仕様もない、地元のごろつきの一人だったそうです。おかみさんは、真人間になってくれなければ夫婦にはならないと、二平さんに条件を突きつけたのですが、地元では許されないことでした。この手のつながりは、切りたくても、なかなか切らせてもらえないのでしょう。そこで、二平さんは故郷を離れ、江戸に出て、心機一転、地道に働いて、いずれは妻子を呼び寄せようと考えたのです。ところが、せっかく、海産物問屋に奉公できたのもつかのま、昔の仲間と市中で顔が合ってしまったのが運のつき。暇をもらったのは、塩蒸し焼き芋を生業にしたいという夢が、先にあったわけではなく、恩ある店に迷惑がかかってはと案じたからなのでした。しかし、まさに、禍転じて福となすの諺《ことわざ》通り、塩蒸し焼き芋が当たりました。ここからはわたしの想像ですが、これで、やっと妻子と暮らせると喜んでいた矢先、真の下手人は二平さんについて調べ、郷里の妻子のことを持ち出して、言うことをきかなければ、妻子に危害が及ぶと仄《ほの》めかしたのではないかと思います」

「二平さんの本当の夢は、塩蒸し焼き芋が売れることだけじゃなくて、家族一緒にこの江戸で暮らすことだったんだわ。でも、とうとう叶わずに——。二平さん、可哀想《かわいそう》すぎる——」

言葉を詰まらせ、

「ったく、この世に神も仏もないいんだから」

季蔵と同じ想いを吐き出した。

「しかし、裁きはある」

田端がずしりと重い一言を口にして、

「二平を脅していた者の調べはついてるんだよ」

松次が先を続けた。

六

「いったい、誰が？」

季蔵とおき玖は同時に声を上げた。

「二平が焼き芋を売り歩いて留守してる間に、相撲《すもう》取りみてえな大男が家の近くをうろついてるのを、長屋のかみさんたちが見てる。そいつが二平と道で立ち話をしてるところを見かけたってえ、仕事帰りの大工もいるんだ」

「その時、二人はどんな様子でした？」

「そいつは俺も気にかかって訊いた。大男はうなだれてる二平の耳に口を当ててた。誰がどう見ても、二平が脅されている図だったそうだ」

――これはもしかして――

「ところで、貞吉さんが亡くなっていた稲荷の松の木の下に、大きな足跡は残っていませんでしたか？」

――同じ足跡が見つかれば、貞吉さんもまた、二平さん同様、自害ではなく、殺されたのだという証を立てられる――

「報せてきたのは近所の子どもたちだ。仲間が仲間を呼んで大騒ぎになってたから、たとえ、大きなのがあったとしても消えちまってて、残ってたのは重なり合ってる子どもの下駄の痕だけさ」

松次はため息を洩らし、

「しかし、魚売に焼き芋売、毒を盛ったと思われる者たちが続けて殺されている。使われたのも同じ石見銀山鼠捕り。同じ下手人に違いない」

田端は断言したものの、自棄《やけ》のように目の前の湯呑みの酒を空けた。

「もちろん、これから、徹底的にお調べになるのでしょう?」

「それがね――」

松次も田端を真似て甘酒を呷《あお》った。

「これ以上の調べはならねえって、御沙汰《おさた》なんだよ」

気を利かしたおき玖が素早く、湯呑み酒と甘酒を二人の前に置いた。

――この前の時と同じだ――

田端と松次は以前、下手人が紛れているかもしれないというのに、秘密裡《り》に賭場が開かれているゆえに、森田藩下屋敷の中間部屋への調べを止められたことがあった。

――やはり、また、お奉行の差し金か――

気分が重くなった季蔵は、

――これはまた、どうあっても、お奉行におわかりいただかねばならない――

「貞吉さんの骸が見つかったのは、長屋の近くとおっしゃいましたね」

念を押した。

「ああ、目と鼻の先のお鈴稲荷ってえとこだよ」

――行ってみよう――

二人を見送った後、

「粉山椒《こさんしょう》が切れそうなので」

季蔵が理由をつけて店を出ようとすると、

「お鈴稲荷へ行くんでしょ」

おき玖に言い当てられた。

行徳で変わり果てた二平を探し出した経緯は、すでにおき玖にも話してあった。田端や松次に伝える以上、いずれ、おき玖の耳にも入る。

「季蔵さん、二平さん同様、貞吉さんを殺した奴の手掛かりを摑もうとしてるのよね」

おき玖は黒目がちの目をきらきらと輝かせていた。

義憤に駆られた季蔵が、田端たちの手伝いをせずにはいられないのだと、無邪気に信じ込んでいて、

「あたしの分も頑張ってきて」

神棚に向かって手を合わせた。

「わかりました」

おき玖に向かって微笑んだ季蔵は、

――案外、これもいいかもしれない――

店を空ける口実にはうってつけだと思う一方、

――ただし、これは田端様や松次親分が関わっている事件に限るな。二人に口裏を合わせてもらうよう、頼むことなどできはしないだろうから――

複雑な想いであった。

季蔵はお鈴稲荷へと急いだ。

入口に祀られた狐《きつね》がうっすらと夕闇に包まれている。

――たしか、貞吉の骸は松の木にぶらさがっていたと聞いた――

手水鉢《ちょうずばち》の近くに大きな松の木を見つけた。

――三日ばかり前は一日中雨だった――

もう何日も過ぎていて、甲斐ないことと承知はしていたが、念のため、松の木の下をぐるりと廻《まわ》ることにした。

――これは、もしや――

木の根近くの土の上に目を凝らした季蔵は、新しい足跡に目が釘《くぎ》づけになった。椚林で見たことのある、大きな足跡と同じに見える。

――足跡の持ち主はここへ戻ってきている。ということはきっと、何か、大事なものを忘れて行ったのだ――

季蔵はもう一度、木の周りを一廻りしたが、足跡以外には何も見つからない。

――いや、違う。根元に落として行ったものなら、とっくに子どもが拾って番屋に届けているはずだ――

気落ちした季蔵は松の木を見上げた。

――おそらく骸はあのあたりに吊られていたのだろう――

張り出た大ぶりな枝は姿もよかったが、過度な重みにも耐えるように見受けられる。

――あそこにあるのでは？――

といって手を伸ばして届く場所ではない。

――諦めきれない――

季蔵はやおら、下駄を脱ぎ捨てると、思い切って松の木を登りはじめた。

貞吉を吊るために掛けた荒縄のせいで、ところどころ樹皮の剝《は》げた大枝まで行き着く。

枝の周囲を見回した。

洞《ほら》が一つあった。

何か入っている。よく見ると紙のようなものの端が出ていた。季蔵は片手を伸ばすと、千切れないよう注意して、そろそろと引っぱった。

出てきたのは細く畳んである紙であった。両足で身体の重みを支えながら、開いてみると、公家《くげ》が着るような青い装束姿の大男が描かれている。

〝野見宿禰《のみのすくね》御姿〟と添え書きがある。

――大男は相撲取りだったのか――

野見宿禰は垂仁天皇（三六〇年頃）の時世、大和国《やまと》でその名を馳《は》せた相撲の天才であった。以来、相撲の神様として崇められてきている。

――これは大男が守り袋代わりに持ち歩いていたものに違いない。貞吉を吊して殺した時、うっかり、ここへ落としてしまい、後で気がついて探しに来たのだろう――

季蔵は証の野見宿禰の絵を衿《えり》元に挟んだ。

この時である。

みしっ、ど、ど、みしっ――。

土を踏む大きな音が響いた。近づいてくる。

――いかん――

季蔵は咄嗟《とっさ》に隣りの枝を掴むと、弾みをつけて、貞吉が吊されていた枝に次いで太い枝へと跳ね飛んだ。

冷や汗が流れ出る暇もなく、松の木の下から、どん、どん、どんと踏みしめる草履の音が聞こえ続ける。

大男は腰を折って縮め、まるで、犬にでもなったかのようにくんくんと鼻を蠢《うごめ》かして、根元を踏み散らして廻り続けている。

――おそらく、地面に落としたような気がしているのだろう――

季蔵は遥《はる》か下に、髪の毛がぼうぼうに伸びきった大きな頭と、分厚い樽《たる》のような胴体、棍棒《こんぼう》を想わせる太い手足を見た。

――ここで気づかれたら終いだ。地面に落としただけではなく、鳥の仕業を疑ったら

――怪力の主は、腰紐《こしひも》一本抜くだけで、枝の上の季蔵を吊るし、自害したように見せかけることができる。

季蔵は息を詰め続けた。

やがて、
みしっ、ど、ど、みしっ――。

足音が遠ざかった。

――助かった――

ぼうぼうの頭が鳥居を潜り抜けるのを見届けると、木から滑り下り、季蔵はその後を尾行《つ》始《け》めた。

――どこへ行くのだろう――

足は南へと向かっている。

――なるほど、平子屋のある弥平次のところか――

大男は平子屋の勝手口へと歩いて行く。季蔵はそこまでは尾行られない。

相手は見かけによらず細心にして敏捷《びんしょう》で、十間（約十八・二メートル）も間を置いているというのに、絶えず、くるり、くるりと振り返って、油断のない獰猛《どうもう》な目を光らせるので、季蔵はさらに離れて尾行なければならなかった。

見失わずにすんだのは、とにかく大きな図体で、市中に入っても紛れることなく、遥か遠くからでも見つけられたからであった。

季蔵は平子屋の前にある、いつぞやの茶屋に入った。

「お知り合いでしたね」

烏谷の名を出す代わりに、茶屋の女将《おかみ》は片目をつぶって、

「お役目、ご苦労様です」

季蔵を二階へと案内してくれた。

七

——お奉行の馴染みの場所で、お奉行が隠したがっている事件を暴こうとしている——

何ともおかしな成り行きになったものだと季蔵は苦い思いがした。

窓の前に立って、ひたすら、平子屋を見張り続ける。

——弥平次の供をするのなら、一緒に表から出てくるはずだ——

そう確信したかったが、以前、弥平次は一人で駕籠に乗り、それをお利うが尾行ていた。

季蔵は駕籠舁二人の町人とは思えない目配りの鋭さを思い出し、

——弥平次はそれなりの遣い手に駕籠を担がせているのだろう。用心棒は多数雇っている。となると、そやつの主な役目は用心棒ではなく、指図通り、しくじることなく、人を殺めること、ただそれだけなのだ——

思わずぞっと身震いが出た。

半刻（約一時間）ほど過ぎた頃、

――大男は勝手口から、裏道を通って、どこぞへ行ってしまったかもしれない――

さすがに不安を感じた季蔵だったが、見覚えのある姿が通り過ぎるのを見て、

――お利う――

すぐにも階下へ降りようとしたが、

――まずは見届けよう――

しばらく、その場を動かずにいた。

小吉を肩に乗せたお利うが、半町ほど先へ行ったところで、店の裏手から大男がのっそりと現れた。

足どりは稲荷の土を踏みしめていた時とは異なり、ゆっくりと慎重に運ばれている。

大男が店から八間離れたところで、季蔵は女将に礼を言って茶屋の外へと出た。

――こ奴の尾行る目的は何なのか？――

無残に殺された二平の顔が、お利うの背中の観音菩薩に重なる。

――お利うが危ない――

決して悟られてはならないと、季蔵は人通りが多い道を尾行ているにもかかわらず、さらに距離を広げた。

こうしてお利うを尾行る大男の後を季蔵は追って行く。

京橋川に架けられた中橋へさしかかった時、

——この方角は——

思わず首をかしげたが、

——そんなはずはあるまい——

自分に言い聞かせ、全身を緊張で張り詰めさせたまま歩き続ける。

だが、大男が真《ま》っ直《す》ぐに歩を進めるのを確かめると、

——これはもう、間違いない——

季蔵は力の限り走り始めた。

楓《もみじ》川沿いに本材木町を八丁目から一丁目へとひたすら走り続けた。昼下がりとあって二丁目の新場の市の人出も一段落している。一丁目の下り傘問屋の角を左に曲がり、音羽町の角も左へ曲がると塩梅屋の裏木戸が見えてくる。

そこを入って、忍冬《にんどう》の茂みに身を隠した。中腰になると、そこからは、木原店《きはらだな》を行く人たちの姿が見える。塩梅屋の入口にも近かった。

お利うが戸口に立った。

——よかった、先回りが間に合った——

まだ、大男は追いついていない。

「お利う」

季蔵は小声で名を呼んで駆け寄った。

キキ、キキ、キキ——。

お利うの代わりに小吉がうれしそうな声を出した。

「よくここがわかったな。わたしを尾行たのか？」

「あんたの方が先に、あたしを賭場まで尾行たろ？」

お利うはにこりともせずに応えた。

——ということは——

季蔵はお利うの背後に目を向けて、顎をしゃくった。

「あたしを尾行てる奴なら知ってるよ。始終だから、気にもしてないけど——」

「そのうち、そう暢気《のんき》に構えてはいられなくなる」

まだ、季蔵は戸口を開けていない。

——どうしたものか？——

お利うが塩梅屋に自分を訪ねてくるなどとは、思ってもみない成り行きであった。

すると、

「誰？」

話し声に気づいたおき玖が油障子を引いた。

「店はまだなんですけど——」

言葉が途中で止まったのは、お利うの風体の異様さに驚いたからだったが、隣りに並んでいる季蔵の常ならぬ様子にも、しばし、啞然《あぜん》として目を瞠《みは》った。

あろうことか、季蔵は気がかりでならない表情をお利うに向けている。

「お知り合い？」

おき玖は季蔵の方を見て、念を押した。

キキッ、キキッ、キキキキ——。

すかさず、小吉が頷いて、両手を繰り返し叩き合わせた。

「可愛いのね」

おき玖は飼い主のお利うにではなく、小吉に微笑んだ。

中に入ると、お利うは床几《しょうぎ》には座ろうとせず、草履を脱いで小上がりに上がり、胡座《あぐら》をかいた。

——あら、ずいぶん小さな草履——

「ほら、甘酒だ」

おき玖はお利うを男だと思い込んでいる。

季蔵がいそいそと甘酒の入った湯呑みを運んだ。

お利うは手を付けず、小吉が小さな顔を湯呑みの口に埋める。

「ここは力勝負だ。腹は空《す》いてないか？」

戸口の方を見ながら、季蔵はお利うに話しかけた。

小吉の舌はぴちゃぴちゃと鳴り続けている。

——まあまあ、たいした世話の焼きようだわ。もしかして、離れ離れになっている季蔵さんの弟？　でも、それなら、お侍の格好をしているはずよね。子猿を連れてこんなおかしな形《なり》をしてるわけない。見世物小屋の芸人のようでもないし――

おき玖はただただ不審であったが、何より気になるのは、

――どうして、季蔵さんはいつになく言葉がぞんざいで、こうも親しみを込めて話してるのかしら？――

「腹は――」

季蔵が繰り返しかけると、

「空いてるにきまってる」

相手はそっぽを向いたまま、横柄な物言いをした。

――季蔵さんとこの人、友達言葉で掛け合えるほど親しいのだわ――

「そうか、わかった。待ってろ」

季蔵は釜に残った冷や飯で、賄《まかな》い料理の雑炊《ぞうすい》を作り始めた。

皮を剝いて一口大に切った里芋と、手で千切った豆腐を用意しておく。

鍋に出汁《だし》を入れ、里芋、豆腐の順に煮て、梅風味の煎り酒適量で調味し、水にさらしてぬめりをとった飯を加えてときほぐす。最後にとき卵を入れて、好みの固さに蒸らし、葱《ねぎ》の小口切りを散らせば出来上がりである。

これに鶏肉の一口大に切ったものか、叩いたものを加えると、ぐんとコクが増して旨くてならないのだが、こうなるともう、親子雑炊とでも称すべきもてなし料理であった。

この雑炊をお利うは黙々と啜った。

季蔵の目は料理をしている間も、気もそぞろに戸口を常に窺《うかが》っている。

――いったい、何が、どうしたっていうんだろう――

とうとう、おき玖は我慢がならなくなった。

「水くさいわね、季蔵さん。何か、よほどの事情があるんなら、話してちょうだいな」

「それは――」

どう説明したものかと、季蔵が躊躇《ちゅうちょ》していると、

「この人が料理人だとわかったから、料理の注文に来たんだよ」

代わってお利うが答えた。

――なるほど――

悪くない受け答えのように思えたが、

「ここなら、粥《かゆ》の作り方を教えてもらえるかもしれないと思って――」

お利うはなおも続けた。

――粥など、わざわざ、料理屋に教わりにくるものではない――

季蔵はお利うがこれ以上、外れた話を続けないよう、こほんと一つ、咳払《せきばら》いをした。

すると、おき玖は、

「家の人が病いなのね。それ、重いの？」

しげしげとお利うを見て訊いた。

こくんと相手が頷くと、

「それで、あんたは、美味しいお粥を炊いてあげたいと思い詰めてるってわけね」

早くも目を潤ませている。

――きっと、親不孝の数々を後悔してるんだわ――

「どうせ、煮炊きなんてしたことないんでしょ？」

おき玖は念を押したつもりだったが、お利うは首を横に振った。

「女は煮炊きぐらいできないといけないって、爺っちゃんに仕込まれたから――」

おき玖はその言葉に一瞬、耳を疑った。

「今、女だって言ったわね」

「うん」

キキキ、キキキ、キキ、キキキ――

そうだ、そうだと言わんばかりにかしましく鳴き、小吉は得意気に残った甘酒の入った湯呑みを両手に抱えた。

「女で煮炊きができれば、お粥なんて、お茶の子さいさいのはずよ」

おき玖は初めて、お利うに険のある目を向けた。

――こんなおかしな小娘に馬鹿にされるのは、金輪際ご免だわ。何でよりによって、季蔵さんは、瑠璃さんという女《ひと》がありながら、こんな娘に関わっているんだろう。まさか――

あまりの腹立たしさに、とても先の想像はできなかった。

「爺っちゃんの気にいる粥ができないんだよ」

お利うはしょんぼりと肩を落とした。

「病んでいるのはおじいさんなのだな？」

お利うは季蔵の問い掛けに頷きもせず、

「爺っちゃん――」

繰り返す。

「どんな粥なら、爺っちゃんの気に入るのか？」

切り口を変えて季蔵は核心に迫った。

――お利うとて湧《わ》いて出てきたわけではない。どんな育ちをしたか知りたい――

「イガガユ――」

お利うは呟くと、あろうことか、ぽろりと大粒の涙をこぼした。

第四話　秋寄せ箱

一

「イガガユって？」

一瞬、おき玖《く》はお利《り》うへの不快な気持ちを忘れて、聞き慣れない言葉に首をかしげ、

「まさか、栗のイガを入れたお粥じゃないでしょうに」

季蔵《としぞう》の顔を見た。

「イガは地名で伊賀の里ではないかと」

――お利うがくの一だとしたら、身内か、それに近いものが伊賀者であってもおかしくない――

「爺っちゃんは伊賀の出で、郷里の粥を食べたがっているのだね」

季蔵はお利うに念を押した。

「ここんとこ、枕から頭が上がらなくなってて、急にイガガユ、イガガユが食いたいって、あたしたちに繰り返すんだ」

「あたしたち？」

おき玖が聞き咎《とが》めた。

「お澄《すみ》ちゃん」

「その娘も身内か？」

季蔵はもう一歩踏み込んだ。

「一緒に育った」

「どこで？」

おき玖が追求した。

お利うはおき玖の顔を、ちらりと盗み見て押し黙った。ほんの少し前に涙を見せたとは思えない、石のような冷たい無表情で防備している。

――もう、これ以上は話してくれないだろう――

「それでは行くとしよう」

季蔵は前掛けと襷《たすき》を外した。

お利うは素早く小上がりから土間に下りた。すかさず、小吉がその肩に飛び乗る。

「行ってくれるんだね。ありがとう」

お利うの口調にわずかだが、感謝が混じって湿った。

「季蔵さん、まさか――」

おき玖は唖然としている。

──まだ、どこともわからない場所へ、どんなものかもわからない、イガガユとやらを作りに行くというのかしら？──

「くわしい話は後で必ずいたします。ですから、今は何もお訊きにならないでください」

季蔵はおき玖を見る目に力をこめた。

「わかったわ」

おき玖は頷いて、

「あたし、季蔵さんを信じる」

言い切ると、

「だから、今、あたしにできることを言ってちょうだい」

「わたしたちは勝手口から外へ出ます。店の前では、大男がわたしたちが出てくるのを見張っているので、尾行《つけ》られたくないのです」

「わかったわ。そいつが乗り込んできたら、知らぬ存ぜぬと白を切り通せばいいのね」

「いや、それではお嬢さんや三吉《さんきち》の身が危ないです。相手は途方もない怪力の持ち主ですから、怒らせたら、何をされるかわかりません。どうか、わたしたちと一緒にここを出てください。裏庭で鯵《あじ》を干している三吉は家に帰し、お嬢さんは南茅場町のお涼《りょう》さんのところへ逃れ、この事情を伝えて下さい」

季蔵の全身から緊迫感が溢《あふ》れ出ている。

「お店はどうするの？」

おき玖の声が震えた。

「今日一日、休むことにしましょう」

――これはよほどのことなのね――

こうして四人と一匹は塩梅屋《あんばいや》を後にした。

お利うは走るに等しい早さで歩き始めた。季蔵は追いかけるように後を追っていく。時折、小吉が振り返って、キキキと鳴いた。そのたびに季蔵はあわてて、大男が尾行てきてはいないかと耳を澄ませ後ろを見た。

「どこへ行く?」

追いついたところで季蔵は訊いた。

「お澄ちゃんのとこ」

お利うの足どりはさらに早まって、また季蔵は引き離された。幾つもの町を抜ける。一刻（二時間）は歩いたろうか、見渡す限り草地の広がる千駄《せんだ》ヶ谷《や》村へ着いた。

――ここだったのか――

煤《すす》けて傾きかけた小屋の前で、お利うがやっと足を止めると小吉が一鳴きした。

「お澄ちゃん」

お利うは親しみを込めた声を上げた。

――小吉を見る時のお利うの目も優しかったが、これほど柔らかな声を聞くのは初めてだ――

がたぴしと軋《きし》む音がして板戸が開いた。

「お利うちゃん」

年齢《とし》の頃は十七、八歳、粗末な木綿《もめん》を纏《まと》っているが、ぱっと目につく美貌《びぼう》の娘だった。

お利うの顔を見ると、安心したのか、ほっと一つため息を洩《も》らしたものの、すぐに季蔵の方へ不安そうなまなざしを注いだ。

「この男《ひと》なら大丈夫だよ」

キキ、キキ、キキ、そうだ、そうだと小吉が唱和した。

気がついて季蔵は挨拶《あいさつ》の言葉を口にした。

「料理屋のご主人――」

お澄は眩《まぶ》しそうに季蔵を見た。

「お澄ちゃんのおとっつぁんにイガガユを拵《こしら》えてくれるって」

「ありがとうございます」

お澄は、深く頭《こうべ》を垂れた。

この後、季蔵は黴臭《かびくさ》い板敷で二人と向かい合った。

――さっきの話だと、お澄さんの父親がお利うの爺っちゃんということになる。これはいったい、どういうことなのか？――

「まずは、あなた方について話していただけませんか？」

季蔵の問い掛けにお澄はまた、不安そうな目でお利うを見た。眉《まゆ》を上げたお利うはさっと全身を緊張させる。

「あなた方を信じて、わたしはイガガユを拵えに行くのです」

季蔵はお澄に訴えた。

お利うが渋々頷くと、

「わたしたちの家は府中宿にあります」

お澄は話し始めた。

「おとっつぁんは名を作次《さくじ》と言います。薬草を畑に植えて育て、売って暮らしを立ててきました。おっかさんの顔は知りません。物心ついた時にはいませんでしたから――。おっかさんのことを聞くと、おとっつぁんは〝死んだ〟としか答えてくれませんでした。お利うちゃんとは、あたしが六つかそこらの時から一緒に暮らしています。ある日、市中まで薬草を売りに出たおとっつぁんが、連れて帰ってきたんです。あたしたちの家は村外れにあります。それもあって、近くに住む人たちとつきあいがなく、あたしには友達がいなかったんで、どれだけうれしかったかしれません」

お澄はおそらくその時と変わっていないものと思われる、喜びと温かみに溢れた目線をお利うに向けた。

「だから、あたしたち、たとえ血はつながっていなくても、姉妹同然なんです」

――お利うは養女だったのだ――

「その時、おとっつぁんは連れてきた娘について、どう話しました？」

「何も。それから何度訊いても、おとっつぁんは答えてくれませんでした。そのうちに、お利うちゃんがうちへ来た経緯《いきさつ》なんて、どうでもよくなったんです。一緒に暮らせるだけで幸せで――」

「二人が今、こうして、江戸にいる理由は？」

「おとっつぁんの仕事が思わしくなくなったからです」

お澄はうつむいた。

「前の年までは、もう、何十年もつきあいの続いた店の人が江戸から苗を売りに来てた。この人の高麗人参《こうらいにんじん》の苗は特別よくて、毎年、秋になるのを買い取る薬屋が楽しみにしてくれてた。替わった悪い奴の話では、前の年まで来てた人の店は、商いの競争に勝てなくて潰《つぶ》れてしまったんだと。それで、爺っちゃんは、すぐに虫がつく品のよくない苗をこいつから買う羽目になったんだ。高麗人参の苗は高いから、いつもの年みたいに育たないと、売れるどころか、捨てることになって、借りた苗代が返せやしない。お澄ちゃんはこの通りの別嬪《べつぴん》だから、若い男たちが一目見たさに、入れ替わり立ち替わり、家の近くをうろつくほどだった。その噂《うわさ》を聞きつけた悪い奴が、お澄ちゃんを狙《ねら》った。貸した金は返さなくていいから、お澄ちゃんを江戸で働かせろ、いい仕事口があるからって――」

後は目を怒らせたお利うが話を引き継いだ。

――お澄さんは売られて江戸に来たのか、さぞかし、辛い目に遭ったことだろう――

季蔵はお澄の胸中を察して、しばし言葉に窮した。

――お利うが賭場《とば》で稼ごうとしたのは、お澄さんを身請けするためだった――

お利うは先を続けた。

「お澄ちゃんが借金のかたに連れて行かれると、爺っちゃんはすっかり弱って起き上がれなくなった。その頃からだよ、イガガユ、イガガユって、繰り返すようになったのは。イガガユを食いたがっている爺っちゃんは、きっと、血を分けた娘のお澄ちゃんにも会いたいに決まってる。だから、あたしも後を追ってここへ来たんだ。お澄ちゃんさえ見つければ、イガガユのこともわかると思ったけど、お澄ちゃんにも、心当たりはないっていうから――」

――なるほど、それでわたしを頼ったのか――

「お利うちゃん」

突然、お澄が叫んだ。

「あんた、悪いことしてるでしょ」

お澄はお利うの顔に目を据えた。

「盗っ人にでもならなきゃ、あんな大金、ぽんとあたしのために払えるわけない」

「お澄ちゃん――」

常のお澄とはほど遠い剣幕なのだろう。お利うはたじたじとなった。

「季蔵さんとおっしゃいましたね」

凛《りん》と声を張ってお澄は季蔵の方に向き直った。

「お願いがあります」

二

「あなたは悪い人には見えません。でも、きっと、よんどころない事情があって、お利うちゃんとよくないことをしているのではないですか。料理人のふりなんてして、おとっつぁんを喜ばせてくれなくていいから、お利うちゃんから離れてください。そうじゃないと、お利うちゃんは、いずれ、身を滅ぼしてしまいます。この通りです」

お澄は板敷に頭をすりつけた。

「違うよ、お澄ちゃん、この人はね――」

お利うが弁明を試みたが、

「もう、お利うちゃんの嘘を聞きたくない」

お澄は両耳を両手で塞《ふさ》ぎかけたので、

「わたしは料理人です。嘘ではありません」

季蔵はやや大声で釈明した。

「そして、お利うの悪い仲間でもないのです。それに金子《きんす》はあなたを助けようと、お利うが賭場で稼いだものです。盗みなど、あなたが思っているような罪は犯していません」

「あなたはお利うちゃんと賭場で出遭われたんですか？」

「気になって後を尾行たことはありますが、出遭ったのは賭場ではないのです」

季蔵はお利うと知り合った時のことを話した。

凄腕《すごうで》ゆえに賭場で絡まれて怪我《けが》を負い、家に連れて行って手当をしたこと、残っていた食べ物は里芋の衣かつぎだけだったが、小吉がうれしそうに食べてくれたこと等、背中の彫り物以外のことは覚えている限りを話した。

——何としても、お澄さんに信じてもらわないと——

「まあ、里芋をいただいたんですね」

お澄の声が和《やわ》らぎ、

「里芋はお利うちゃんの大好物のはず。小吉が目がないのは、お利うちゃんがいつも食べているのをねだって、味を覚えたからなんですよ」

顔がほころんだ。

「嘘ではないようね」

蒼白だったお澄の顔に血の気が戻った。

「ごめんなさい。あたし、つい、心配で。気に障ることを言ってしまって——」

「よくわかります。お利うを案じているのはわたしも同じですから」

お澄に相づちを打った季蔵はお利うの顔をじっと見据えて、

「だから、おまえが平子屋《ひらこや》をうろつき、主《あるじ》の弥平次《やへいじ》を尾行ている理由を知りたい」

有無を言わせぬ口調で迫った。

渋々頷いたお利うは、

「お澄ちゃんを連れてった悪い奴が、〝平子屋の旦那に任せとけば、悪いようにはしねえから大丈夫〟って言ったのを聞いてたのさ」

片耳に指を触れた。

「なるほど。しかし、平子屋は口入屋《くちいれや》だ。すでに別のところで働き出していたお澄さんに行き着くのはそうたやすくないはずだ」

「紙屑《かみくず》が落ちてる裏手は、勝手口があって、そこは始終、奉公人たちの声が聞こえてた。話を聴くのはわけないことだよ」

お利うは指に力をこめて、思いきり片耳をぐいと引っぱって見せた。

──並みの人には見えないものを透《す》かして見ることができるだけではなく、聴き耳も神業《かみわざ》であったとは──

「平子屋には〝募《つの》り〟と〝買い取り〟があるんだ。〝募り〟は店に仕事を探しに来る人たちのことで、〝買い取り〟となると、お澄ちゃんみたいに、目をつけた女を騙《だま》してくるんだよ。時はしばらくかかったけど、とうとう、煮炊きをしてる女たちの一人が、〝府中からの女は、たいそう上玉だったそうじゃないか〟って言って、もう一人が、〝年齢《とし》より若く見えるし、いきなり、女郎屋じゃ、もったいないってことになって、番頭さんが柳橋の水茶屋清水《きよみず》に話をしたところ、女将《おかみ》さんが喜んで引き取って行ったそうだよ。水茶屋務めだから、これで、あの娘もここ当分は清い身でいられるよ〟って──。あんたが十両を返してくれたんで、あたしは飛ぶように清水へ行った。清水の女将は強欲でなかなか、証文を破いてくれなかったけど、〝これは拐《かど》かしと同じだ〟って大袈裟《おおげさ》に騒いだら、やっと諦めてくれた」

「江戸は怖いところね」

お澄はしみじみと洩らした。

――情に厚い人たちが助け合って住む江戸は、決して怖いところなどではない。しかし、この娘にとって、まさに江戸は地獄そのものだったろう――

怖い江戸を作り出している張本人は弥平次である。

――弥平次が郭《くるわ》や女衒《ぜげん》にまで商いを広げていたとは――どこまで弱い人たちに付け込めば気がすむのか――

もっとも、ここまでの力を蓄えるに到《いた》ったのは、森田藩下屋敷の中間《ちゆうげん》部屋を、弥平次が仕切り続けてきたからである。

――弥平次の欲はきりがなくなっている。お奉行たちは、秘密の番人である弥平次をもはや、押さえることができなくなっているのではないだろうか？――

季蔵は弥平次への憤懣《ふんまん》やるかたない気持ちから、この先、江戸の商いの秩序や良識は地に落ちるだろうと思われてならず、何ともたまらない思いであった。

――近々、お奉行にお話ししなければ――

だが、今はお利うやお澄たちと共に府中宿を目指し、作次の希望を叶えてやるのが先だった。

——まずは茶が要る——

この日の夕方近く、季蔵はお利うたちが隠れている小屋を抜け出し、日本橋の茶問屋へ足を向けた。

茶問屋の店先には、京都をはじめ、大和、伊勢、駿河《するが》、武蔵《むさし》、そして目当ての伊賀の茶が並んでいた。

ここで伊賀茶をもとめると、塩屋に立ち寄って、赤穂《あこう》の塩、米屋で五合ばかりの米を買い、最後に損料屋で七輪と炭、鍋二つ、三人分の椀、箸を借りて戻った。

大きな包みを背中に背負っている。

隠れ家が近づくにつれて、季蔵の五感は油断なくあたりを窺《うかが》った。

——どこぞで待ち伏せしているやもしれぬ——

しかし、これといった特異な気配は感じられない。

ふと、

——あの大男はどうして、すぐに店に踏み込んでこなかったのだろう——

疑問が頭をもたげた。

はじめは気になったけど、そのうち気にもしなくなったというお利うの言葉が思い出される。

——そもそも、あやつはなにゆえ、お利うを尾行《つけ》回しているのだろう。貞吉《さだきち》や二平《にへい》とは違う理由なのではないか。尾行られる理由がわからないと、お利うたちを守れない——

お利うがお澄を身請けしたと知り、再び、拉致《らち》して金に換えるためかもしれないとも考えたが、お利うのうんざりしたような口ぶりでは、もっと、以前から続いているようだった。そうなると、理由の見当は全くつかない。

――このことは後でお利うに心当たりを訊いてみよう――

無事に帰り着いた季蔵は七輪で火を熾《おこ》し、水と伊賀茶の葉を入れた鍋をかけた。しばらくすると、茶の清々《すがすが》しい匂《にお》いが立ちこめてくる。

「まあ、何かしら？」

お澄は目を丸くした。

お利うは無言で、七輪のそばに座りこんだ。

「これから伊賀粥を作ります」

季蔵はお澄に告げた。

「ふーん、これが伊賀粥か――」

お利うは興味津々である。

「伊賀粥は伊賀茶で作る、茶粥のことなのではないかと思います。もしや、お父さんは伊賀の出なのでは？」

季蔵の問いにお澄の表情が固くなった。

ぴくりと肩を震わせて、お利うが季蔵を見た。

鍋を覗いていた時とはうって変わった鋭いまなざしであった。

――いらんことを訊くな――

うるさがって憤慨している目だった。

「やはり、そうだったのですね」

季蔵は臆せずに念を押した。

「郷里ならではの粥を口にしたいのは、なつかしくてならないからだと思います」

季蔵の言葉に頷きかけたお澄はお利うに向かって、

「どうする？　お利うちゃん？」

「ん」

お利うは季蔵を睨んだまま、小首をかしげた。

「おとっつぁん、伊賀の話は嫌いよ。いつだったか、知り合いが訪ねてきて、伊賀の話をした時も不機嫌で――。突然、立ち上がったおとっつぁんが、せっかく来てくれたその男《ひと》に、〝二度と敷居を跨《また》いでほしくない〟って、追い返してるのを見たことある。その後、あたしに、その男が来たことや話は全部、忘れてしまえって――。忘れろって話は伊賀って場所のことだと思う。あの時のおとっつぁん、とっても、怖い顔だった。だから、いざ、伊賀粥を拵えてもらって、食べさせようとしたら怒り出すかもしれない」

「爺っちゃんのイガは伊賀だったのか――」

お利うはぽつんと呟いた。

「お利うちゃんは伊賀について、おとっつぁんから何か聞いてない？」

「聞いてはいなかったけど――」

お利うは自分の心の声に耳を傾けるかのように目を伏せた。

「毎日、畑仕事の後、鍛錬。爺っちゃんの郷里が、普通のとこじゃないってことはわかってた。伊賀っていうところなんだね、あたしや昔の爺っちゃんみたいな人たちが住んでるのは――」

三

茶の産地である伊賀は、並外れた身体能力を持って諜報《ちょうほう》活動に励む、忍者たちの里でもあった。

――府中に隠れ住んでいた作次さんはおそらく抜《ぬ》け忍《にん》――

抜け忍とは、死を以てしか、仲間から抜けることができない厳しい忍者の掟《おきて》に反して、生涯郷里や生い立ちを偽って逃げ続ける、元忍者のことであった。

――抜け忍の作次さんがお利うをここまでにした。だが、なぜ、お利うに、一度捨てたはずの技を伝授し、厳しく仕込んだのだろう――

「あたしはもう、そんなに長くないおとっつぁんを怒らせたくない。おだやかで楽しい時を過ごさせてやりたいの。だから、お利うちゃんが決めて」

お澄の必死な目に頷いたお利うは、

「爺っちゃん、毎日、朝から晩まで、イガガユ、イガガユって言ってた。怒られたっていい。あたしは、爺っちゃんに伊賀粥を食わせてやりたい」

と言い切った。

季蔵は鍋の中で茶の葉が開き終わったところを見計らって取り出した。

鍋はぐらぐらと煮たっている。

ここへあらかじめ洗っておいた米を加えるのだが、釜で炊く五目飯や鮨飯《すしめし》と違って、洗った米は笊《ざる》に上げず、半刻（一時間）ほど、水を張った別の鍋に浸しておく。

こうすると、茶が染みやすく、ふっくらとした茶粥に炊きあがる。

粥は鍋の蓋《ふた》を開けたまま、ぐつぐつと強火で炊き続ける。

米が柔らかくなったら出来上がりである。

そのままでも、茶が染みていて美味しいが、塩を好みの量振りかけて食べると、また一段と風味が増す。

季蔵は炊きあがった粥を椀に盛った。

「今日の夕餉《ゆうげ》代わりです。どうか、食べてみてください」

「綺麗な色だわ」

お澄が見惚《みと》れた。

この茶粥はもうじき黄色く色づく銀杏《いちょう》の葉を想わせた。

小吉は熱い粥に顔を近づけてしかめ面になり、湯気の中でキキキイーキイと不満を洩らした。

「おまえの分は冷めたら、わたしの椀に盛ってやる。しばらくの辛抱だ」

季蔵は言い聞かせた。

「風味がよくてとっても美味しい」

口に運んだお澄は感嘆した。

「茶によって色が違うんだよね?」

お利うは、季蔵に訊いた。

「まあ、そうだろう」

「伊賀茶だから、この色、味なんだね」

念を押したお利うは、

「この色と味で、爺っちゃんはきっと故郷に行ける」

と呟いた。

翌朝、空が白むのを待って、三人は小屋を後にした。

お澄に合わせて歩くので、季蔵は昨日から気になっていることを、なかなかお利うに切り出せなかった。

――お利うもこれ以上、お澄さんに心配をかけたくないだろうから――

突然、お利うがお澄の歩にわざと遅れた。前を歩いていくお澄から二間(約三・六メートル)ほど離れる。

今だと思い季蔵はお利うに並んだ。

「お澄ちゃんと離れたのは、あんたが話しかけてきそうだったから」

「お澄さんの前ではまずかろうと――」

「お澄ちゃんときたら、心配症の親玉だからね。早く話しとくれ。何が待ち受けてるかわからない。お澄ちゃんを守るには、近くにいてやらないと――」

「お澄さんを助けるため、紙屑拾いのふりをして平子屋をうろついていたことは聞いた。だが、弥平次を長月茶屋まで尾行ていたろう？　お澄さんの居所がわかったというのに、なにゆえ、また、弥平次などという危ない男を尾行たんだ？」

「あんな奴、いないほうがいいんだ」

お利うは平然と言ってのけた。

「紙屑拾いのふりをして、あいつのしていることを知れば知るほど、気の毒な人が大勢いることがわかった。可哀想《かわいそう》なのは殺された大店《おおだな》の旦那衆や御隠居たちだけじゃない。薬種屋で毒を買わされて、魚の鱗《うろこ》に塗った貞吉もその一人だ。評判のよかった塩蒸し焼き芋屋の二平だって、そうだろう？　二平のことは、〝行徳にいる女房、子どものためなら、あいつは何でもするだろう〟ってね――店の者たちが話してるのを聞いた。あたしが知っているのは厨《くりや》の噂話だけじゃない。肝心な話は庭の厠《かわや》や土蔵ですることもある。聞いてるうちに、たまんなく、むかむかしてきて、これ以上、泣く人を出しちゃいけない、何としてでも、糸を引いてる弥平次の息の根は、止めなきゃいけないって思ったのさ」

――このお利うは弥平次の命を狙っていたというのか？――

季蔵は愕然《がくぜん》とした。

「無謀すぎる」

――いかにお利うが伊賀者譲りの技を持ち合わせているとしても、弥平次を手にかける前に、間違いなく、あの大男に殺《や》られてしまう――

怪力の大男がお利うの小さな身体を摘《つま》み上げ、松の枝にかけた紐《ひも》の輪にぶらさげる様が、季蔵の目に浮かんだ。

首に紐を巻きつけたまま、ぐったりと息絶える無残なお利うの姿――。

「駄目だ」

思わず撥《は》ねつけるような物言いになった。

「どうして？」

お利うは驚いた顔になった。

「あたし、弥平次と刺し違えてもいいとさえ思ってる。たとえ、あたしが死んでも悲しむ両親はいないし――」

――わたしは堪えられない――

季蔵はかろうじてその言葉を呑みこんだ。

すると、先を歩いていたお澄が立ち止まって振り返った。

「どうしたの？」

お澄にしては大きな声であった。

遅れている二人を無邪気に案じている。

「お利うちゃんか季蔵さん、具合でも悪いんじゃない？」

自分に内緒の話をしていたなどとは、露ほども疑っていなかった。

「お澄さんはおまえが死んだら、どれほど悲しむかしれない。それに作次さんにもしものことがあったらお澄さんも一人ぼっちだ。おまえがいなかったら、誰がお澄さんを守るというのか？　悪いことは言わない。お澄さんを連れ戻すことができたことだし、府中に帰ったら、もう、二度と江戸には足を向けるな。種苗《しゆびよう》はわたしがきっと、弥平次の息のかかっていない店を探して届けさせる。だから、今まで通り地道に働くのだ。お願いだから、日々、心安らかに暮らしてほしい」

季蔵はお利うの顔をじっと見つめて、思いの丈を抑えた口調で告げた。

「悲しい顔――」

お利うは戸惑いの表情を見せて、

「お澄ちゃんも時々、似た顔であたしを見る。たいていは、府中宿の町中へ出たあたしが、薬草を売り歩いてて、手足や顔に痣《あざ》を作って戻った時だけど――」

「どうしてそのような目に遭う？」

「うちの薬草は安いから、商売仇が因縁をつけてくるんだよ。やられてもやり返しちゃいけないっていうのが、爺っちゃんの言い付けなんだ」

――それであの時も――

一面の萩の中に建つ一軒家で殴られていたというお利うの身体にあった痣を思い出して、季蔵は胸が痛くなった。

——幼い頃から、理不尽に痛めつけられることに慣れてきたのだな。拾われ育った府中とて、安住の地ではなかったとは——

「博打も薬草と同じで、儲け過ぎるとやられるもんだと覚悟はしてた。けど、儲けを全部、かっさらわれようとしたのにはびっくりしたよ。府中じゃ、そこまでじゃない。殴る、蹴るをされて、多少の儲けは取り上げられるけど全部じゃない。お澄ちゃんの言ってた通り、江戸は怖いところかもしれないな」

「その通りだ」

——理由は何でもいい。とにかく、もう、江戸や弥平次に近づかせたくない——

ふと季蔵は、今はお利うの肩で船を漕いでいる小吉を見て、

「小吉が府中生まれなら、故郷の林がなつかしいはずだ」

と言い添えると、

「江戸でも林には、椎《しい》の実がなってるけど、どうしてか、こいつ、江戸のは食べないんだよ」

お利うは眉根を寄せて、

「あんたの忠告、考えてみるよ」

呟いたとたん、みるみる歩みを早めて、ほどなく、季蔵のはるか先のお澄と並んだ。

──これでいい──

季蔵はほっと息を吐くと、二人に追いつこうと急ぎ足になった。

お利うたちの家は、府中宿の町中を抜けて、草地と林を飽きるほど歩き続けた先にあった。

──人も通わぬ山中と変わらない。抜け忍が隠れ住むにはふさわしいが、何とも寂しい場所だ──

四

お利うは粗末な板戸を開けて、

「爺っちゃん、お澄ちゃんだよ。お澄ちゃんを連れて帰ってきた」

大声を上げた。

「おとっつぁん」

お澄は板敷に駆けあがった。

お利うと季蔵はその後に続く。

「お澄──」

煎餅《せんべい》蒲団《ぶとん》に横たわっていた作次が枕から頭を上げた。

──これはどうして？──

季蔵が驚いたのも無理はない。

作次の顔は火傷《やけど》の痕《あと》がひどい。特に左の目はまぶたに覆われていて、見えているのか、そうでないのか判別できないほどであった。

「おとっつぁん」

お澄は作次のそばにへたりこむように座ると、その手を握りしめてさめざめと涙を流した。

「こんなに痩せて――」

作次の手の甲は骨と皮だけである。

季蔵は枕元に置かれている平たい瓶《かめ》の蓋を取った。

中には、お利うがお澄探しに出る際、作次のために用意した水が満たされ、柄杓《ひしゃく》が添えられている。

油紙の包みを開けると干し芋が折り重なっていた。

ただし、水も干し芋もあまり減っていないように見える。

――病いを得ているというのに、ろくに食べもせず持ちこたえているのは、昔取った杵《きね》柄《づか》、忍びの修業の賜物か――

季蔵はさらに作次を案じた。

「お澄か、帰ってきたんだな」

手を握り返した作次は、一瞬、安堵の表情を浮かべたが、

「そちらはどなただ？」

きらりと光る右目を季蔵に向けた。

季蔵はあわてて、名と稼業を告げた。

「江戸の料理人が何でこんなところに――」

作次は訝《いぶか》しみ、握っていた手を放そうとした。

「おとっつぁんが食べたいって言ってた伊賀粥を、わざわざここまで拵えにきてくださったのよ」

「伊賀粥――」

作次は精一杯目を見開いて季蔵だけではなく、娘たち二人を睨んだ。

「そんなもん、金輪際、食いたいと言ったことはねえぞ」

掠《かす》れた声でたたきつけるように言った。

火傷のせいで、ただでさえ異様な作次の顔が、さらに険しく凄味を増した。

「そんなことない。このところ、始終、寝言で言ってた」

お利うが呟くと、

「あたしもここから連れられていく前に、やっぱり、寝てるおとっつぁんから聞いたわ」

お澄が相づちを打った。

「作次さん」

季蔵は相手を見つめて、

「わたしは頼まれてここまでまいりました。わたしの仕事は料理ですから、頼まれるのは腕を買われたのと同じです。ですから、料理を作らずに帰るのは意地が許しません。それゆえ、これから伊賀粥を作らせていただきます。お口に合いませんでしたら、どうか、捨てるなり、鳥の餌にするなりなさっていただいて結構です」

言い切ると、早速、茶粥の支度に取りかかった。

お澄は出来上がった茶粥を作次の口へと運んだ。

ふーっと大きく息を吸い込んで、作次は茶粥の風味の良さに目を細めた。

「おや、粥に染みてるのは伊賀の茶じゃないか。これは、もう決して、戻ることのできない故郷の空の匂いだ」

きつく真一文字に結ばれていた作次の唇がゆるゆると開いて、茶粥が一匙《さじ》、一匙滑りこんで行く。

食べ終える頃、作次はさっぱりと和らいだ表情に変わっていた。

「季蔵さんとやら、あんたの料理の腕はなかなかだ。礼を言わせてもらう。ああ、これでもう、いつ死んでもいい」

「そんなこと言っちゃ駄目だよ」

叱《しか》りつけるようにお利うが言った。

「はじめて俺に説教をしたな、お利う」

作次は瞼《まぶた》が垂れ下がっていない方の目でお利うを見た。

「今まで俺のことがさぞかし怖かったろうな」

「怖かったけど、優しいとこもあって好きだよ、爺っちゃん」

「ならば、今から俺の言う通りにしろ。伊賀粥を食ったら、汁が欲しくなった。お澄と二人、近くの林にシメジを採りに行ってきてくれ。死ぬのは季蔵さんにきのこ汁を拵えてもらってからにする」

「おとっつぁん、そのぶんならまだまだ、大丈夫ね」

お澄はほっとした目になり、

「行こうか、お澄ちゃん」

お利うは飛びついてきた小吉を肩に乗せ、土間にあった籠を手にした。

二人が出て行ってしまうと、

「あんた、ほんとは何が狙いでここへ来たんだ？」

作次の顔が再び険しく変わった。

「お見通しなのはわかっていました」

季蔵はお利うとの出遭いから今までのことを、なるべく感情を交えずに話した。

「それであんたは、これからも危ない目に遭いかねない、お利うやお澄を守ってくれようというんだな」

「でき得る限り――」

「お利うがよほど気にかかると見える。何でなんだ？」

「わかりません。ただ、守るには、お利うさんについてもっと知らねばと――」

「あんたは男でお利うはああ見えても、裸になれば女だ。おおかた、お利うの背中の観音も見たんだろう」

季蔵は黙って頷いた。

「だが、それで心が傾いたわけではなさそうだ。男が女のために必死になるには、もっと深いものがある。俺はあんたの心に賭けるよ。後に残していく娘たちを守れるのは、あんただけだと思い定めることにする。だから、今まで一度も誰にも話さなかったお利うの話をしてやろう」

そこで、疲れたのか、作次は荒い息をした。季蔵は作次を抱き起こすと、枕元の瓶の水を湯呑みに注いで飲ませた。

「あれはお澄が九つになったばかりの夏のことだった。いや、その前に、あんたが不思議に思っているはずの俺のこの顔について、話さねばな。これは生まれつきの顔ではない。伊賀粥を拵えてくれたあんたはもう、感づいているだろうが、俺は元伊賀者だ。ただし、もうその時の名は忘れた。旅先で知り合った旅籠《はたご》の娘と熱い仲になる前までは、死ぬまで伊賀者で生きるだろうと思っていた。だが、その娘が子を身籠《みご》もったと知った時、仲間を抜けようと決めた。伊賀者が仲間以外の者と所帯を持つのは掟が許さない。ところが、駆け落ちしたお澄の母親は、赤子を産み落とすとすぐに息を引き取った。俺は何としても、忘れ形見のお澄をこの手で無事に育てようと考えた。だから、この火傷は抜け忍になった俺が、身を守るために自分で焼いたものなんだ。ここまで顔が変わってしまっていれば、誰も昔の俺だと気づかないだろうと――。だが、この顔では、どうにもまずいことがあった。昼間、薬草を売り歩いても、誰もが気味悪がって避けて通る。それでいつも、陽が陰り始める頃、手拭いでほっかむりをして町へ出ていた」

「ご苦労でしたね」

　作次の苦労のほどが身に沁《し》みて感じられる。

「その日は何とか、薬草が期待通りに売れて、やれやれと思い、帰り道を急いでいた時、通り過ぎようとした一軒家から、六つ、七つの女の子が走り出てきた。〝助けて〟とその子は叫んだ。気になる匂いがした。着物の袖を血で濡らしている。俺はためらわずにその子を抱き上げ、素早く、近くの茂みに隠れた。ほどなく、家から男が出てきた。血まみれの包丁を手にしている。俺ははっと息を呑んだ。どこへとも知らず姿を消した伊賀での俺の弟分だったからだ。俺は咄嗟に息を殺した。抜け忍同士となると、すぐに探し出されてしまう。だが、もう遅すぎた。相手は茂みを掻き分け、女の子を胸に抱きしゃがんでいる俺の前に立った。肌に染み付いているこちらの匂いに気がついてか、〝薬屋か？〟と訊いてきた。俺が知り合いだとは気づいた様子はない。ただ頷くと、〝俺はその子の父親だ。ここへ置いて、すぐに立ち去れ〟と言った。俺は従うふりをして女の子を地面に立たせると、両膝を折って頭を前に倒し、背中に背負っていた空の籠を相手めがけて、思いきり投げ出した。その時、一緒に被っていた手拭いが飛んだ。相手は突然降ってきた籠を躱《かわ》そうとして、のけぞりかけたが尻餅をついた。この時、俺の顔が見えたのだろう。〝化け物め〟と女の子を抱えて走り出した俺の後ろから大声で怒鳴る声が聞こえた。これがお利うと俺の出遭いだ。家に連れ帰ったお利うは、それからしばらく、何くれと世話を焼いて可愛がるお澄が、隣りで一緒に寝ていてやっても、〝おとっつぁん、許して。おっかさんに酷いことをしないで、殺さないで、お願い、おとっつぁん――〟とうなされ続けた」

五

そこまで話して咳こんだ作次は、湯呑みの水をがぶりと飲み干し、さらにむせたが、

「なに、かまうことはない。話はまだあるのに、時はそう残っていない」

先を続けようとした。

――血塗られた包丁を手にしていたとすれば――

「お利うの父親は母親を手にかけてしまったのでしょうか？」

頷いた作次は、

「弟分は技に優れていたが、それを鼻にかけるところがあり、何かと揉《も》め事を起こしていた。とにかく、気が短く、すぐに殴りかかっていくような性分だった。伊賀にいられなくなったのも、些細《ささい》なことで、仲間の一人を諍《いさか》いの挙げ句、殺してしまい、喧嘩両成敗の掟で死なねばならなくなり、命を惜しんだからだった。そのくせ、他人《ひと》の命は軽んじる。自

分の意のままにならないと、かっと頭に血が上り、まるで抑えが利かなくなる。だから、たとえ相手が女房子どもでも、かっとなると、良心の呵責《かしゃく》などほとんど感じずに相手を殺すはずだ。それがあの男の本性なのだ」

――実の母が父の手にかかったのを見てしまったとは――。お利うには修羅の過去があったのだな――

季蔵は冷酷無比なお利うの父親が許せなかった。

――年端《としは》もいかない子どもに、地獄絵図のような凄惨《せいさん》な場面を見せるべきではない――

「お利うはいつまでその寝言を続けていたのでしょう？」

「三月経ってもおさまらなかった。あの娘は寝言だけではなく、厨にある包丁も怖がった。昼も夜もびくびくし通しで震えている。これでは煮炊きさえも教えられない。それで俺はある決心をした」

「お利うに忍びの技を仕込もうとしたのですね」

「俺は伊賀を捨てた男だ。ここでは薬草を育てて売り、細々と暮らしを立てている。お利うを拾うまでは、二度と技は使うまいと思っていた。だが、あの時、恐れと不安の虜《とりこ》になっていたお利うが救われる道は、唯一、自分を守れる技と力を身につけることだと悟った。それで、俺が仕込まれた通りの技を日々、厳しく仕込むことにしたんだ。修業には生傷が絶えず、お澄は可哀想だ、やめてくれと何度も泣いて俺に止《や》めさせようとしたが、俺は続けた。お澄には、何かに取り憑《つ》かれたようだと言われたこともあった」

「お利うには忍びの才があったのですね」

「そうだ。俺は伊賀で何人もの忍びをこの目で見てきた。だが、その誰もが、お利うの足下にも及ばなかった。弟分だったお利うの父親もお利うと比べれば、ただの自慢屋でしかないとわかった。お利うには生まれつき、特別な力があった。人の見えないものが見え、聴く力は犬なぞ、人以外の生きものと同じくらい鋭い」

「承知しております」

季蔵は見聞きしたお利うの力の話をした。

「そうだったか」

作次は薄く笑い、

「お利うにとって、博打ほど面白くないものはないはずだ。何でも見通せてて賭場では負け知らずなんだろうから。立ち聞きとなると、うるさいほど聞こえてくるので、時に耳を塞ぎたくなるものと思う」

「そうした天賦の才を踏まえて、身体の鍛練を続けたのですね」

「この手の才だけでは身は守れぬどころか、いいように利用されないとも限らない。お利うは日々、厳しい修業に耐えて、突然、襲われても、躱して逃げ切ることができるようにまでなった。もう、教えることがないと言い渡した。その頃には、もう、お利うは寝言を言わなくなっていた。それで、父親が母親を殺したことを、夢に逃げず受けとめることができていたはずだ。あの時、突然やってきた父親は怖くて泣きだしたお利うに、〝うるさい、死ね〟と怒鳴り、包丁を振り下ろそうとして、母親が身代わりに刺されたのだという。そんなお利うに、どうしてもと頼み事をされた。自分のために、身を挺《てい》して殺された母親のことが、大好きでなつかしくてならない。その想いを一生、抱きしめていたいから、背中に母親の姿の代わりに観音菩薩《ぼさつ》の彫り物をしたいという」

「しかし、どうやって、あの見事な彫り物を？」

「伊賀者にも表の仕事はある。俺のうちは代々刺青《いれずみ》師だった。言うまでもないが、刺青師の姿で命を奪い、役目を果たしたこともある。観音菩薩は、娘を庇《かば》って亭主の毒牙《どくが》にかかった一途《いちず》な母心が、永遠にお利うを守ってくれるようにと祈りながら俺が彫った。この時、お利うは菩薩に衣かつぎを握らせてくれと注文をつけた。月見も衣かつぎもお利うが母親と過ごした、短い間の美しい思い出だという――」

――やはり、あれには格別の想いがこめられていたのだな――

季蔵はお利うの背中の観音菩薩をまざまざと思い出した。これ以上はないと思われるほど、菩薩の目がおだやかに優しく注がれていた、掌の上の宝のような衣かつぎを――。

作次は荒い息を吐きながら続けた。

「ただ一つ、お利うに教えそびれていたことがあった。ここいらで薬草を売り歩いているぶんには、売れすぎて妬《ねた》まれ、殴られるのは商いのうちだが、ほかでは通用しない。たとえ、それほど力のない相手でも、多勢となれば、殴られ続けて、命を取られることもある。そうなる前に逃げるようにと――」

作次はごぼごぼと荒い咳を繰り返した。

季蔵は出遭った時の、無抵抗に殴られていたというお利うの姿を思い出して、

「是非、教えておいてやってください」

「そ……う……し……た……い……が」

作次はやっとやっと声を搾り出して、

「俺……は……も……う……だ……め……だ。だ……か……ら……こ……れ……を……あ……ん……た……か……ら……、お……利……う……に……」

そこで作次は精一杯の笑い顔を作ろうとして、目を細め唇を小刻みに震わせて息絶えた。

林から戻ってきたお澄は一人だった。

作次の容態が急変したとわかると、

「おとっつぁん」

抱えていた籠を土間に放り出して駆け寄った。

お澄は泣き続け、季蔵は土間に落ちたシメジを拾って洗い、厨で見つけた煮干しで出汁をとると味噌を溶き入れ、シメジのきのこ汁を作って、作次の枕元に供えた。

「お利うは？」

お澄は涙で濡れた顔を上げて、

「あたし、止めたんだけど、お利うちゃん、〝爺っちゃんにはお澄ちゃんがいるからもう大丈夫。どうしても、やり残したことがあるんだ〟って、また、江戸へ行ってしまった

の」

——お利うは弥平次やあの大男を成敗するつもりでいる——

翌朝、まだ暗いうちに、作次の野辺《のべ》送りを済ませた季蔵は、江戸への帰路に着いた。

——お利うにばかりかかわっているわけにはいかない。今日は店を開けなければ——

江戸市中に入るとすぐに、魚河岸《うおがし》に立ち寄った。鱗がそがれた甘鯛は、恵比須講のある神無月が近づいて、そろそろ値上がりしてきたというのに、浜切り鱗干しの方は半分以下の値である。

「あんなことがあって間もないからね、毒が塗ってあったてえ鱗干しは、今年いっぱいは、さっぱりだろうよ。そんなこと言っても、浜切り鱗干しにはコツがあって、こいつでおまんまを食ってきたもんもいるんだからね、鱗付きのまんま干して売らなきゃ、おまんまの食い上げになっちまう。泣きつかれちまって、仕様がなく並べるってえわけだよ」

いつになく、店の主は饒舌《じょうぜつ》だった。

——いつもは今頃、浜切り鱗干しは高値の上、ここに並べられると、あっという間に姿を見なくなるものなのだが——

季蔵は思いきって、浜切り鱗干しを十尾もとめた。

「ありがてえ、ありがてえ。今日はいい日だぜ」

主の声が高く上がった。

季蔵は念のため、塩梅屋の勝手口から中へと入ろうとした。心張り棒でも立てかけてあるのか、引き戸が開かない。

仕方なく、どんどんと戸を叩いたが、それでも応えはなかった。

中から、

「誰かしら？」

おき玖の呟きの後に、

「季蔵さんなら、声をかけて表から入ってきますよ」

三吉の低めた声が続いた。

「わたしだ」

季蔵はやや声を張り上げた。

「季蔵さんだわ」

やっと勝手口が開いた。

「大丈夫でしたか？」

「昨夜までお涼さんのところへ泊めてもらったけど、店が気になったんで一番鶏の声を聞いてすぐ帰ってきたのよ」

「おいらも気になって気になって。ご近所に訊いたところじゃ、季蔵さんが言ってた大男は、一昨日《おとつい》、あれから、痺《しび》れを切らしてここを覗いて、しばらくして出て行ったそうなんだ」

店に入ると、釜にまだ残っていた冷や飯が残らずなくなっているほかに、酒樽《さかだる》を持ち上げてみると、あっけないほど軽かった。裏庭に干してあった鰺の干物や、買い置きのするめを七輪で炙《あぶ》ったあともあった。

六

――おかしいな――

貞吉や二平の時のように、目的があってお利うを見張っていたのだとしたら、逃げられたとわかれば、口惜しまぎれの腹いせをするはずである。

――これではまるで、落ち噺《ばなし》だ――

盗みをしようと忍びこんだのはいいが、空腹に気がつき、残りものを漁《あさ》って出て行く、間抜けな空き巣の噺さながらだと季蔵は思った。

皿は一枚も割られず、床几《しょうぎ》もそのままで、貞吉たちをあのようなやり方で殺した張本人の仕業にしては、あまりに手ぬるかった。

――わからない――

「とにかく、大変だったわね」

おき玖の目はしきりに、お利うと一緒だった間のことを訊きたいと訴えている。

「伊賀粥が間にあって何よりでした」

季蔵はお利うの姉同然のお澄に会い、伊賀茶を使った茶粥の試作をした後、府中宿へ向かい、臨終の床《とこ》の作次に食べさせることができたと話した。

「それじゃ、やっぱり、飯櫃《めしびつ》と酒樽を空にして行った奴は、お澄さんという女《ひと》を取り返そうとして、お利うさんを尾行《つけ》ていたのね」

おき玖はなるほどどと頷いた。

「まあ、そうでしょう」

相づちは打ったものの、季蔵は得心していなかった。

——弥平次にとってお澄さんは商う物の一つにすぎない。商う物はほかにも多いはずだ。商う物の一つについて、ここまでのことをするだろうか？——

「それにしても、お利うって女は変わってた。凄味があったね。きっと、只者《ただもの》じゃねえと、おいらは思う」

三吉がふと洩らして、

——そうだったのか——

季蔵は、はたと気がついた。

——お利うと出遭った賭場は、貞吉が出入りしていた弥平次の息がかかったところだったが、次の一軒家でもお利うは、賽子の目を見透して見事に言い当てた。そんなお利うの神業のような勝ちっぷりを、弥平次が聞きつけたとしたら——弥平次は大男に尾行させて、お利うの様子を窺わせ、力のほどを見極めさせた挙げ句、何かの折の悪事に利用しようと思いついたのではないか？　そうだとすると、江戸に戻ったお利うが、弥平次の平子屋近

くをうろつけば、せっかく逃れたというのに、またしても、大男の監視を受けることになる──

季蔵はただただお利うが案じられた。

「どうしたの？　季蔵さん、浮かない顔よ」

おき玖に気遣われて、

──これはいけない──

あわてて季蔵は、

「献立を考えていたものですから」

その場を取り繕《つくろ》った。

「そういえば、まだ、決まってないね。今日の分──」

三吉の目は心配そうである。

その目に頷いたおき玖は、

「この塩梅屋はおとっつぁんの頃から、休みは数えるほど。だから、この二日間、きてくれたお客さんたちは、休みなのに驚いて、いったい、どうしたんだろうかって、案じてくれたり、がっかりしたりだったでしょうよ。だから、今日あたりはどーんとここ一番のものを出さないと、塩梅屋の暖簾《のれん》が泣くわ」

季蔵に向かって言い放った。

「道中、考えてきました」

季蔵は三吉に墨と筆を持って来させると、以下のように書いた。

秋寄せ箱

名月卵
甘鯛の浜切り鱗干し焼き
里芋二種　あられ粉揚げ
紅白飯

「今時分、紅白飯、どうして？」

おき玖に訊かれると、

「来月は恵比須講ですから、その前祝いとしてはと——」

「たとえかこつけでも、綺麗な紅白飯を見ると気持ちが弾むわね」

季蔵は早速、紅白飯の準備を済ませた。

——赤飯の糯米《もちごめ》は一晩、水に漬けるに越したことがないのだが、今日はそうもしていられない——

「鯛がありゃあ、たしかに恵比須講の前祝いになるよね。それで、あそこにどっさり、甘鯛があるんだね」

三吉は勝手口の方をちらりと見た。

「市中ではこの間の一件以来、甘鯛の浜切り鱗干しに罪はないのに、すっかり嫌われ者になっています。鱗まで旨い魚なんて滅多にないんですから、何とか、元の人気を取り戻させてやりたいと思いまして――」

「いい考えだわ」

おき玖は両手を打った。

「あたしも好きなのよ、からっと焼けてて、噛むとぱりぱりするあの鱗。男の人はお酒が進むことでしょうけど、ちょっとだけ、梅風味の煎り酒を垂らして、お茶漬けにしても美味しいのよ」

「ここに里芋二種ってあるけど――」

三吉は首をかしげた。

「あれ、本当だわ。季蔵さん、書き忘れたんでしょう。ここはたぶん、里芋と烏賊《いか》か、蛸《たこ》の煮付けのどっちかね、きっと」

おき玖は確信ありげだったが、

「季蔵さんは烏賊や蛸と合わせたんじゃ、そっちばっかし目立つから、ほかを考えてみるって言ってたんじゃぁ――」

三吉はうわ目使いに季蔵を見た。

「その通りだ」

季蔵は一度置いた筆を取り上げると、以下の献立を書き加えた。

塩蒸し焼き里芋

「あら、だって――」

おき玖は知らずと首を横に忙《せわ》しく振った。

「うちのお釜に塩を詰めて、やってみたけど、風味が今一つだったじゃない。塩蒸し焼きは二平さんじゃなきゃ無理よ。どっさり、塩が入る特別なお釜が要るはず」

「たしかに釜の違いは大きいのですが、二平さんのは唐芋の塩蒸し焼きでしょう？　唐芋ほど大きくない里芋なら、普通の釜でも充分熱が回って、美味しく仕上がるのではないかと思います」

そこで、早速、季蔵は三吉を塩屋と青物屋へ走らせた。まずは塩蒸し焼き里芋を試作してみるためである。

その間に季蔵は名月卵に取りかかった。

「どんな料理か、見当もつかないわ」

「一昨日の朝、もとめたばかりの卵は大男に気づかれず無事でした。それで、さっきふと思いついたのです」

季蔵は十個ほどの卵を沸騰した湯に入れ、火をつけた線香が印をつけたところまで燃えたところで、冷たい水に取った。

「半熟卵ね」

出汁と味醂風味の煎り酒を入れた鍋を火にかけ、ぐつぐついってきたところで一度火から下ろす。

その鍋に殻を剝いた卵を沈め、再び火にかけ、沸騰したら火を止めてそのまま置く。

「今日は夜、これを使うので、煎り酒を多少濃い目にしました。これは間に合わせで、本来は煎り酒を控え、出汁の勝った汁に漬けこみ、一晩じっくり味をしみこませた方が、風味豊かな味わいに仕上がります」

ほどなく、三吉が戻って、塩の詰まった釜が火にかけられ、塩蒸し焼き里芋が試された。

釜の熱した塩の中に、親指の先ほどの大きさの里芋を埋める。それだけの手順だったが、

「あら、これじゃ、辛すぎるわ」

最初に蒸し焼きにした何個かは、火はよく通っていて、つるりと気持ちよく、皮が剝けたものの、いかんせん、塩がしみこみすぎていた。

次に用心しすぎて、早い目に釜から上げると、生煮えなので皮が剝けなかった。

遅すぎず、早すぎずが三度目だったが、皮は剝けたものの、がりっと音をさせて、かぶりついた三吉は、

「勘弁してくれよ」

悲鳴を上げた。

しかし、季蔵は涼しい顔で、

「簡単なものほどむずかしい」

再び三吉に追加の里芋を買いに行かせた。

こうして、今度こそという意気込みで、塩蒸し焼き里芋が試みられ続けた。

いつしか、店を開ける夕刻近くになっていて、

「大丈夫かしら？」

おき玖が不安そうに呟いた時、黙々と味見を繰り返していた季蔵が、一つ、うんと大きく頷いて、にっこりと笑うと、

「召し上がってみてください」

ほかほかと湯気の立って塩粒が光って見える、皮つきの里芋を小皿に置いて差し出した。

「どうかしらねえ――」

恐る恐る皮を剝き、指で摘んで口に運んだおき玖は、

「わあーっ」

歓声を上げて、

「美味しい、美味しい。やっとできたのね。塩梅屋特製の塩蒸し焼き里芋」

歌うように続けた。

「おまえも食べてみろ」

あわてて、出来上がったばかりの里芋に、手を伸ばした三吉は、

「こんな旨《うめ》え里芋、おいら、今までいっぺんも食ったことねえ。これ、ほんとに里芋なのかよ。それとも夢かも――」

嫌というほど強く、自分の頬を抓《つね》った。

七

季蔵は三吉に里芋のあられ粉揚げを任せると、甘鯛の浜切り鱗干しを焼き始めた。甘鯛は遠火でゆっくりと焼き上げないと鱗が焦げ過ぎて風味が失われる。

「箱というからにはあれね」

おき玖が離れの納戸から、飛騨《ひだ》春慶塗《しゅんけいぬ》りの松花堂《しょうかどう》の弁当箱を持ち出してきた。

赤飯が蒸し上がり、あられ粉揚げと甘鯛が出来上がったところで、菜箸《さいばし》を使って箱に詰めていく。

「緑がないのがちょっと物足りない気もするけど、どれも落ち着いた色合いで秋らしいわ」

ながめていたおき玖は、さらに、出汁と味醂風味の煎り酒に漬けた名月卵に包丁が入れられて、塩蒸し焼き里芋の隣りに並べられると、

「秋寄せ箱もいいけれど、またの名は月見膳ね」

しみじみと感じ入った。

季蔵はすでに烏谷に文を届けていた。

──そろそろおいでになる頃だ──

ほんの一瞬、季蔵の目の前から秋寄せ箱が消えた。

──お利うは一人で弥平次に闘いを挑もうとしている。無謀すぎる──

赤飯が多少強《こわ》く仕上がっていても、名月卵の風味が今一つでも、何としても、早急に烏谷に会わなければならなかった。

そのための秋寄せ箱でもあったのだ。

──お奉行は渋るだろうが、弥平次の成敗をお許しいただかねば──

季蔵はお利うが近づく前に、大男と弥平次を手に掛けるつもりであった。

──お利うなど、あの大男にかかれば、赤子の手を捻るようなものだ──

「季蔵さん」

不意におき玖が声を掛けてきた。

「どうしたの？　ぼんやりして」

「そうでしたか？」

季蔵は秋寄せ箱とおき玖を交互に見た。

「もしかして、あのお利うって娘のことじゃないの？」

どう応えていいかわからずに、季蔵は無言を通した。

「やっぱりね。季蔵さん、府中宿へ行く前も時々、気もそぞろに見えたけど、帰ってきてからは何か、よくよく思い詰めてるみたい」

「この世に悪い奴がいる限り、お澄さんやお利うにまた、同じような難儀が降り掛かるのではと案じられて――」

「たしかにそうね。わかるわ、季蔵さんの気持ち――」

おき玖は頷いてみせたがその実、

――案じ方にもいろいろあるものだけど、思い詰めてる気持ちを、人に隠せないほど案じるのは、その相手を想っているから――

複雑な心境であった。

――どうして、よりによって、あの娘なの？　瑠璃《るり》さんとかけ離れすぎてて、季蔵さんにふさわしくない。それに何やら、季蔵さんにまで身の危険が及ぶとも限らない様子だし――。でも、案外、人の想いっていうのは、こういう摩訶《まか》不思議なものなんだわ。仕方ないのよ――

必死に自分に言い聞かせるおき玖であった。

――嫌だ。あたしまで何、思い詰めてるんだろう――

おき玖は大男に一滴残らず飲み干されてしまって、酒樽が空だったことを思い出すと、

「あら大変、忘れてた」

三吉を酒屋へと走らせた。

烏谷はいつも通り、暮れ六ツ（午後六時）の鐘が鳴り終わる前に戸口に立った。

「どうぞ」

離れに入った烏谷は、すでに用意されていた秋寄せ箱の前に座った。

「すみません。御酒を切らしてしまいましたので、今しばらくお待ちください」

向かい合った季蔵が詫《わ》びを口にすると、

「今日は酒を止《よ》しておく。手を付けずにこれも貰って帰る」

秋寄せ箱に顎をしゃくった。

――食い道楽のお奉行がこんな言い方をなさるとは――

季蔵は驚いて烏谷の丸い顔を見た。

大きな顔が一回り小さくなったようだった。目の下にいつもは見えぬ隈《くま》が青黒く浮き出ていて、全体に窶《やつ》れた印象である。

「どうしても、お目にかかって、お願いしたいことがありまして、お忙しいところをお呼びたていたしました」

「ならば、聞こう」

烏谷はにこりともしないで先を促した。

烏谷は童顔に笑みを湛《たた》えて、駄洒落《だじゃれ》とも皮肉ともつかない、悪童じみた一言を、まみえた相手に発するのが常であった。

今夜はそれも口から出ない。

――お奉行の心労はますます重くなっている――

「弥平次のことにございます」

季蔵は許し難い弥平次の悪行を並べ立てた。

「以前、お奉行から証はあるのかと訊かれ、窮しましたが――」

季蔵は姿を見た人の話や足跡等の証を突き付けて、弥平次が雇っている大男が貞吉、二平を殺したと断じた。

「そ奴なら、名は鬼造《おにぞう》という。相撲《すもう》取りになり損ねたのは、力が足りなかったからではない。生まれつき道義を心得ぬ奴で、残忍な気性のなすがままに狼藉《ろうぜき》を働くせいだった。そんな鬼造を弥平次は手なづけた」

烏谷は顔色一つ変えていなかった。

「やはり、知っておいででしたか」

季蔵は全身を緊張させた。

――お奉行はこいつまでも、弥平次の手下であるだけのことで、見逃せとおっしゃるかもしれない――

握りしめた両拳《こぶし》の間から汗が流れた。

「まだ、知っていることがある。弥平次は賭場だけでは飽きたらず、無垢《むく》な娘たちを拐かす女衒の生業《なりわい》にも、爪を伸ばしている。お利うの身内同然のお澄のことも存じておるぞ」

「ならば、お利うがお澄を助け出したことも？」

「今、お利うがこの市中にいることも承知だ」

「なにゆえでございます？　どうして、そこまでお奉行はお利うのことをご存じなのです？」

「これは話せば長い話だ」

烏谷は冷めた茶を啜った。

「いつだったか、弥平次を、若い頃はどうということのないごろつきだったが、運に恵まれて、森田藩下屋敷の中間部屋を仕切るようにまでなったのだと話したことがあった。あれは真ではなかった」

「もしや、不自由な足と関わりがあるのでは？」

「いつもながらよい勘だ」

烏谷はこの夜、初めてにやりと笑った。

「弥平次の若い頃の名は亥蔵《いぞう》、伊賀の抜け忍だった。抜け忍もさまざまだが、亥蔵には野心があったのだろう。好きな相手と契《ちぎ》って、追っ手に見つからないよう、ひっそりと暮らすのではなく、追っ手などものともしない場所に座りたいという考えが、日頃からあったに違いない。この亥蔵が、ある日、病弱な若子《わこ》さまの病平癒の祈禱《きとう》で、寺参りに外出した大奥の女人たちの行列と出くわした。これだけではどうということもないが、突然、躍り出てきた狼藉者に、上様のご寵愛《ちょうあい》深いお腹様が襲われかかった。大奥とは女たちの闘いの場でもある。このお腹様を快く思っていない、別のお腹様の仕業と思われた。なぜなら、襲ってきたのは手練《てだ》れの浪人者だったからだ。この時、亥蔵はお腹様の御駕籠《おかご》の前に立ち塞がると、咄嗟に自分の片足を相手に斬らせ、隙を見て、持ち合わせていた目潰しを、狼藉者の目に投げると、疾風《はやて》のような素早さで刀を奪い、相手の胸に貫き通した。身を挺してお腹様をお守りしたのだ。亥蔵は生涯、足を引きずる身となったが、これを聞いた上様は今後、その者を重く用いるようにと仰せになった。心優しいお腹様が亥蔵の不自由になった足は、自分のせいだと涙ながらに口添えされたのだという。こうして、亥蔵は追っ手を恐れる必要がなくなっただけではなく、力を持つことになったのだ。しかしながら、お役には就かず市中で生きることを望んだ。思えば大奥警護は伊賀者の仕事、伊賀者たちの間で、どんな約束がなされていたのか今となっては藪《やぶ》の中だ」

「亥蔵が弥平次になった理由はわかりましたが、それとお利うはどう関わるのです？」

季蔵は烏谷が先を続けるのを待った。

すると突然、

「わしとて木の又から生まれてきたわけではない」

烏谷は目をしばたたかせた。

八

「わしは幼い時に両親を亡くし、叔父《おじ》の家で育てられた。妹と二人で居候《いそうろう》だ。身を立てるには勉学しかないと考え、励む毎日だった。近所に律《りつ》という娘がいた。わしは身が立った後ろ暁には律を娶《めと》ろうと心に決めていた。律もそうだったはずだ。しかし、これといった後ろ盾を持たぬ身では、お役に就けないと分かり、悶々《もんもん》とした日々を過ごしている時、烏谷家への婿養子の話が持ち込まれた。わしは律と一緒になることより、立身出世の道を選んだ。烏谷家の為、己が為、遮二無二に働いた。歳月が流れ、わしは江戸北町奉行にまで上り詰めた。律のことは忘れようとした。後ろめたかったからだ。わしが律の死を知ったのは、半年ほど前だ。叔父の家督を継いだ嫡男が年老いた律の母御の手を引いてわしのところを訪ねてきた。母御は余命幾ばくもないゆえ、どうしても弥栄《やえ》という孫娘に逢《あ》いたくて、孫娘を探してくれるよう恥をしのんでこのわしに頼みに来たのだ。話を聞くと、貧乏旗本であった律の家は借金が嵩《かさ》み、どうしようもなくなった時、借金の肩代わりを言ってきた商人に泣く泣く嫁がせたそうだ。相手は――」

「平子屋弥平次」

「そうだ」

烏谷は唇を血がにじむほど固くかんだ。

「弥平次は律を攫《さら》うように奪うと、どこぞの家に閉じ込め、生家との縁を絶たせた。しばらくして、律が女の子を生んだと報《しら》されたが、弥平次は何かと口実をつけて会わせてはくれなかったそうだ。そうこうしているうちに、何年かが過ぎて、ある日、律が死んだと告げられた。物盗《ものと》りに襲われ、律は子どもを守ろうとして刺し殺され、娘の弥栄は攫われてしまったのだという。せめて、律を先祖の墓に葬りたいと頼むと、弥平次は律の骸《むくろ》を返して寄越した。無残な姿だったそうだ。死装束に着替えさせる時に見た傷跡は、刺し傷以外にも、目を覆いたくなるほど多くの痣の数だった。弥平次は計算高い一方、少しでも自分の気に障ることがあると、誰かれかまわず当たり散らす癖があった。子どもが泣いて、うるさいと弥平次が罵《ののし》り、律が庇った挙げ句のことかもしれぬ」

「やはり――」

「幾晩もまんじりともできず、一思いに弥平次と刺し違えようとまで思い詰めた。だが、人の口に戸は立てられない。奉行の身でそんなことをすれば、例の屋敷でのことが世間に知れ渡ってしまう。中間部屋での博打の上がりを、勘定に入れずに、市中の政《まつりごと》は回らない。災害時の急ぎの対策や、窮している者たちに金を回すこともできなくなる。わしは弥平次をそのままにした。真実を悟ったところで、わしに報復はできまいとタカを括り腹の底から笑っていたのだ」

烏谷は膝に置いた両の拳をぶるぶると震わせ、キッと大きな目を壁に据えたまま、ぽろぽろと口惜《くや》し涙を流した。

あまりの痛ましさに季蔵はそっと烏谷から目を逸らした。

「弥栄様はその後？」

「長きに渡り欺かれていた愚か者のわしは草の根を分けても探せと命じた。だが、そちも知っての通り、この江戸では、迷子になった子どもさえ、見つかるのは数えるほどなのだ。攫われたとなると、遠国へ売られて行ってしまったかもしれず、わしはただただ、律の墓前に手を合わせるたびに、まだ見つけられぬと詫びを繰り返すばかりだったが、ここへ来て、弥栄と思われる者が、おかしな風体で、市中に居ることを知った。律が引き合わせてくれたのだろう」

「まさか、あのお利うが――」

季蔵は息を詰めた。

「そうなのだ。お利うと名づけられた弥栄だったのだ」

「なにゆえ、お利うが弥栄様だとおわかりになったのです？」

「賽子の目が見えてでもいるかのように、一人勝ちするお利うのことを、人伝てに知った時は、世間は広いのだから、そんな者もいるだろうと聞き流していた。だが、弥平次の信頼厚い用心棒の鬼造がお利うを尾行ているとわかって、これはただごとではないと調べさせた。お利うはお澄を身請けするために、何度も水茶屋に足を運んでいたので、その水茶屋からお澄の故郷がつかめた。父親は作次という名で、酷い火傷の痕があるせいか、人づきあいをせずに薬草を育てて売り、何とか生計を立てているという。お利うは作次やお澄と共に暮らしてきたのだ。そのうちに、お利うが人並み外れて敏捷《びんしょう》で俊足だとわかって、作次は抜け忍に違いないと思った。抜け忍には顔を変えたり、薬草の知識にくわしい者がおるというし、何より、そうでなければ、お利うをくの一のごとく、鍛えることなどできはしない。作次が抜け忍なら、弥平次も同様。人目を忍んで生きてきた作次が、弥平次に出遭ったとしても名乗るとは思えない。それで弥平次が律を嬲《なぶ》り殺した後、我が子にまで手を掛けようとした際に、弥栄が家から逃げだし、通りかかった作次に、偶然、助けられたのだろうと推察した」

季蔵はその作次から、今際《いまわ》の際《きわ》に話を聞いたと告げて、

「作次の方だけが、刃物を手に追いかけてきた男が弥平次だとわかって、何としても、非道な父親から守り通してやりたいと、お利うに伊賀の技を教えたのだそうです」

「そうか――」

烏谷は感慨深く頷いて、

「作次の魂に礼を言わねば」

瞑目《めいもく》して両手を合わせた。

終わるのを待って、

「弥平次はお利うが血を分けた娘だと気づいているでしょうか？」

「気づいていてもいなくても、弥平次にとっては同じことだ。お利うもまた、鬼造や殺させた貞吉、二平同様、駒にすぎぬはずだ。敵とわかれば迷わず、息の根を止めさせるだろう」

「ならば、どうか、わたしに弥平次成敗をお申しつけください」

季蔵はやや声を低めた。

烏谷は応えずに微笑《ほほえ》んだ。

「何も知らずに父親の手で命を絶たれる、お利う、いや弥栄のためか？」

季蔵は頷いたが、

「甲州屋、備前屋を殺《や》ったように、頼まれれば、迷うことなく人をあの世に送ることまで

始めた、弥平次の増長ぶりは目に余る。始末を考えたこともあった。だが、鬼造がついていては手強《てごわ》すぎる。わしは奉行としてこの件を判断しなければならぬ。そちは失いたくない」

烏谷は首を縦にしなかった。

「ならば、お利うもわたしも命を落とさずに済むよう、成敗してお見せいたしましょう」

季蔵は言い切った。

「無謀すぎる」

「お利うはたった一人で、弥平次の非道に立ち向かおうとしているのです。どうか、成敗をせよとおっしゃってください」

季蔵は食い入るように烏谷を見据えた。

「負けた。これほど強いそちの目を見るのは初めてだ。よし、命じよう。だが、鬼造相手に並みの手段では勝てぬぞ。腹案はあるのだろうな」

烏谷はじろりと得意の一瞥《いちべつ》をくれた。

「ございます」

「言うてみろ」

「きっと人始末は金になることでしょう。弥平次は人気の料理に毒を仕込んで殺しを、これからも続けることと思います。うちには秘伝の熟柿《ずくし》がございます」

熟柿は先代長次郎《ちょうじろう》が裏庭に植えた美濃《みの》柿で作られる。もいだ柿を離れへ運び、木箱に詰めて、古びて綿のはみ出た座布団で保温して熟成させるだけの手順である。出来上がるのは、菴摩羅果《あんもらか》（マンゴー）になぞらえられる、高貴な甘みの柿甘味であった。

ただし、これは毎年、決まった数しか作らず、太郎兵衛《たろべえ》長屋の住人だけに配られる、食通たちの垂涎《すいぜん》の的であった。

それゆえ、何としてでも、一度は味わってみたいと、熟柿をもとめる食通たちの声は、年々高まるばかりであった。

「なるほど熟柿か、考えたな」

烏谷はにやりと笑った。

この手の乾いた笑いも烏谷の真骨頂であった。

「まずは相対《あいたい》することです。鬼造を守りにつけているのだとしたら、隙などつけません」

季蔵は熟柿を餌に弥平次をおびき寄せるつもりであった。

「囮《おとり》になるか。たしかにもう、それしかなさそうだ」

烏谷はからからと笑った。

「それではわしは、世の不景気風には勝てず、塩梅屋の熟柿もついに大金さえ都合できれば、誰でも食える時代になったと、せいぜい、言いふらして歩くこととしよう」

秋寄せ箱を手にして立ち上がった烏谷に、

「よろしくお願いします」

季蔵は頭《こうべ》を垂れた。

烏谷を送って片付けに戻ってきた季蔵は、縁先に落ちている、短い茶色の毛玉を目にした。

思わず、掬《すく》い取って掌に載せた。間違いなく小吉のものだった。

――お利うは話を聞いていたのだな――

いずれはお利うも、真実を知ることになるのだろうが、今はその時期ではなかった。

季蔵はお利うに手を引かせて、故郷に帰らせようと考えている。

――これでお利うはもう、決して、弥平次を狙うのを諦めないだろう――

季蔵は知らずと両の拳をぎりぎりと固めていた。

――勝たねばならぬ――

それから十五日ほど過ぎて、烏谷から文が届き、中には一言、
熟柿成就
とあった。
そして、ほどなく、平子屋の番頭の一人が弥平次からの文を運んできた。
こちらには、熟柿を是非にと望む知り合いがいるので、一度話をさせてほしい旨が書かれていた。
「喜んで参りますとお伝えください」

場所は長月茶屋で明日の夕刻が指定されている。

「お奉行からのたってのお誘いだ。久々に八百良《やおりよう》の秋を味わってくる。よろしくな」

翌日、季蔵は、

三吉に後を任せて店を出た。

八百良は長月茶屋等と並ぶ江戸市中きっての料理屋で、時折、気が向くと、烏谷は季蔵を伴って一流処《どころ》の味を賞味させてくれるが、たいていは、裏稼業の口実に使うことが多い。

――鬼造はお利うの後を塩梅屋まで尾行て来た。わたしとお利うの関わりはすでに知られている。だとすると、弥平次は単に殺しの道具に熟柿をほしがっているのではない。こちらが仕掛けた罠《わな》に、知らん顔で応じているのだ――

向こうで待っているのは、敵方の罠だと季蔵にはわかっている。

――だが、たとえ罠でも、弥平次を仕留めるにはこれしかない――

長月茶屋では、

「まあまあ、お待ち申し上げておりました」

女将自らが、弥平次の客なら上客と見て、上がり口に現れた。

「奥の離れでお待ちかねです」

奥まった場所にある廊下を渡り終えた先が離れであった。

――ここはもう、弥平次の平子屋と変わらない――

おそらく、人払いをしたならば、誰も寄りつく者はいないだろう。

——何が起きても見る者、聞く者はいない——

「塩梅屋でございます」

灯りの漏れている障子を開けた。

——お利う——

お利うが畳の上に座っていた。

大きな島田に結い上げて、幾つもの櫛《くし》や笄《こうがい》できらびやかに飾り立てている。着ているのは金糸銀糸を縫い取った真っ赤な縮緬《ちりめん》で、濃い化粧のせいか、その表情は能面のように動かなかった。

——まるで芸妓《げいぎ》のようだ——

縄も掛けられていないのに、こうして、相手の意のままにされているのは、捕らえられた時、逆らえば殺すと脅されているからに違いなかった。

——お利う一人でこの鬼造に勝てるわけもない——

「いかがでございますかな」

そばにいた弥平次が口を開いた。

近くで見る弥平次の顔はつやつやと血色がよかった。

鬼造は大きな身体をこれ以上はないほど縮こめて、部屋の隅に控えている。

「美しゅうございましょう。これの母親もたいそう綺麗な女でした」

——やはり、お利うをわが娘だと知っていた——

「女はこうして女らしいのが一番でございます。わたしのこの娘、あなたにさしあげたいと思っておりまして――」

弥平次はほほほと声だけで笑った。

「わたしがここへ招かれたのは、熟柿の話とばかり思っておりました」

季蔵が静かに口を開くと、鬼造がぴくりと動いて身構えた。

「そうそう、それもありましたな」

弥平次は涼しい顔で、

「熟柿のことは、一事が万事で、これをあなたに貰っていただければ済む話でございます。あなたがただの一膳飯屋の主でないことは、廊下を歩いてくる足音でわかりました。こう見えてもわたしもただの商人《あきんど》ではありませんので――。ですから、あなたには、わたしの娘を貰う代わりに、わたしどもに与《くみ》して、生死を共にしていただきたい」

――仲間になれというのか――

「娘婿となれば、安心しておつきあいができます。決して、御損はおかけいたしません」

「生死とはまた、何とも大袈裟な」

季蔵はわざと口元を歪《ゆが》めて笑い返した。

「わたしの娘、それほど価値のないものでございましょうか？」

弥平次の目が尖《とが》り、鬼造が膝を乗り出した。

「わたしは連れ合いを買いたいとは思いません」

季蔵が言い切ると、鬼造はいきなりお利うの首を摑《つか》んだ。

「お断りになると、娘は死ぬことになります。ほれ、あのように——」

鬼造の大きな片手がお利うの細い首を弄《もてあそ》んでいる。残忍に楽しむ視線が一瞬の隙を生んだ。

——今だ——

季蔵は目にも止まらぬ早さで鬼造に飛び掛かると、用意してきた錐《きり》を力一杯、鬼造の片目に突き立てた。

不意をくらった鬼造は、咄嗟にお利うを摑んでいた手を離した。

「お利う、逃げろ」

「鬼造、何をしている」

弥平次が叱《しっ》咤《た》した。

すでに鬼造は体勢を立て直している。片目を錐で貫かれて血を流しつつも、季蔵に向かってきた。手加減なく首を摑まれたら、瞬時にへし折られる。

季蔵は狭い部屋の中で、ひょいひょいと身を躱して、襲ってくる鬼造から懸命に逃げ続けていた。

「図体ばかりのこの役立たずが」

背後に弥平次の苛立《いらだ》った声が迫った。

——そうだった——

臨終の床で作次は、お利うを助けた時、弥平次が足を引きずっていたとは話していなかった。

――足が利かなくなったというのは、過分に恩を売るための芝居だったのだ――

「役立たずが」

匕首《あいくち》を手にした弥平次が、鬼造を罵りながら襲ってくる。

――不覚にも、ここまでは考えていなかった――

季蔵は二人の敵を焦らせるべく、さらに忙しく躱しつつ、

――もう、力が尽きる――

運を天に任せて、まずは廊下へと飛んだ。

――残念だが、今回は逃げるしかない――

この時である。

天井に貼りついていたものと思われる小吉が、鬼造のもう一方の目をめがけて飛び下りると、がむしゃらに噛みついた。

鬼造はおうおうと子どものような泣き声を上げて、両手を顔に当てて、何とか、小吉を引き剝がそうとするが、小吉はしがみついて離れない。

「猿一匹も始末できぬのか」

弥平次も廊下へと飛んで季蔵と対した。

「話をした以上、生きてここから出すことはできない」

廊下は部屋ほども広くない。

弥平次は元伊賀者の上に匕首を手にしている。足が悪くないとなると、季蔵に勝ち目は薄かった。

――しかし、こうなれば仕方がない――

季蔵は匕首を抜いた。

「いい覚悟だ」

しゅっしゅっと弥平次の手にしている匕首が鳴って、目まぐるしく動き続ける。

――動きを追うことができなくなったら終いだ――

弥平次の匕首がぼうっと霞んだ。

――もはや、これまでか――

そう感じた刹那《せつな》、うっと呻《うめ》いて弥平次がのめって斃《たお》れた。首の後ろの急所に、鬼造の目から引き抜かれた錐が深々と刺さっている。

血まみれの小吉を肩に乗せたお利うが立っていた。

「これでおっかさんの仇を討てた」

お利うは満足げに微笑んで、縁側から長月茶屋を出て行った。

夜目で肩の小吉さえ目に入らなければ、お大尽に茶屋遊びに呼ばれた芸妓が、務めを終えて、帰るところにしか見えなかった。

弥平次は死に、目の傷を負った鬼造はどこへともなく姿を消した。

これを季蔵が告げると、

「そうか」

頷いた烏谷はすぐに微笑みを消すと、

「弥平次は成敗するしかなかったが、もとめる者がいる限り、賭場や女衒は言うに及ばず、非道な人始末なども生業となるのが世の常だ。この先、何人の弥平次が出てくることか――気が遠くなる」

眉をひそめてため息をついた。

――人の世に闇は付きものなのだな――

律の母親は真実を知らぬまま、弥栄にも逢えず逝った。

季蔵はふっと空《むな》しいものを感じた。

秋も深まった頃、気になっていた季蔵は、塩蒸し焼き里芋を拵えて府中宿を訪ねた。

そこにはすでに、お澄、お利うの姿はなかった。

作次の墓はすぐ見つかった。

庭には掘り起こした跡があって、小石と里芋が積まれている。

「これでおっかさんの仇が討てた」

お利うの残したその言葉と、背中の観音菩薩が手にしていた衣かつぎが重なった。観音菩薩は母親を想って、お利うが作次に彫ってくれるよう頼んだものだった。

——幼いお利うはたぶん、母親の作る里芋の料理に親しんでいたのだろう。その思い出をよるべに今まで生きてきたのだ。これからも、母の思い出と里芋に守られ、逞《たくま》しく生きてほしい。亡き作次さんもきっと、そう願っているはずだ——

季蔵は持参してきた塩蒸し焼き里芋を供えて手を合わせた。

数日後、

「秋寄せ箱をまた、拵えてくれないかい」

履物屋の隠居喜平が安兵衛を連れて、塩梅屋の暖簾を潜った。

「秋の夜長、豪助とおしんを二人っきりにしてやりたくてね。安兵衛さんは、この通りだから気がつかないだろうが、二人っきりになれるのは今のうちだけだからね。たまには安兵衛さんとゆっくり飲みたいから、今夜はうちに泊まってもらうよって連れ出してきたんだ。それに」

喜平が言い終わらぬうちに、

「祝言、祝言、秋寄せ、秋寄せ」

安兵衛が言い出した。

「豪助とおしんは祝言を挙げただろう」

「あっ、そうだった」

「今夜は秋寄せ箱で一杯やって、うちに泊まるんだよ」

喜平が安兵衛に言い聞かせていると、

「さすが、桐屋のご隠居。その上、珍しいことに気も利いている」

戸口から顔を覗《のぞ》かせた大工の辰吉が憎まれ口をたたいた。

「珍しいは余計だ。だいたいあんたは」

「まあまあ。立ったままでは落ち着いて酒が飲めませんよ」

続けて入ってきた指物師の勝二がいつものように二人の間に割って入った。

「紅白飯はありませんが、甘鯛の浜切り鱗干し焼きと塩蒸し焼き里芋は用意があります。大いに楽しんでいってください」

季蔵が笑い顔を向けた。

〈参考文献〉

『江戸の庶民生活・行事事典』　渡辺信一郎（東京堂出版）
『料理百珍集』　原田信男　校註・解説（八坂書房）
『京野菜と料理』　京都料理芽生会編（淡交社）
『江戸の料理と食生活』　原田信男編（小学館）
『講座食の文化一　人類の食文化』　石毛直道監修（財団法人　味の素食の文化センター）

本書は時代小説文庫（ハルキ文庫）の書き下ろし作品です。

時代小説文庫
わ 1-14

祝《いわ》い飯《めし》 料理《りょう り》人《にん》季《とし》蔵《ぞう》捕《とり》物控《ものひかえ》

著者 和田《わ だ》はつ子《こ》

2011年9月18日第一刷発行

発行者 角川春樹

発行所 株式会社 角川春樹事務所
〒102-0074 東京都千代田区九段南2-1-30 イタリア文化会館

電話 03(3263)5247[編集] 03(3263)5881[営業]

印刷・製本 中央精版印刷株式会社

フォーマット・デザイン&シンボルマーク 芦澤泰偉

ISBN978-4-7584-3597-0 C0193
http://www.kadokawaharuki.co.jp/[営業]
fanmail@kadokawaharuki.co.jp[編集] ご意見・ご感想をお寄せください。

時代小説文庫

和田はつ子
雛の鮨
料理人季蔵捕物控
書き下ろし

日本橋にある料理屋「塩梅屋」の使用人・季蔵《としぞう》が、手に持つ刀を包丁に替えてから五年が過ぎた。料理人としての腕も上がってきたそんなある日、主人の長次郎が大川端に浮かんだ。奉行所は自殺ですまそうとするが、それに納得しない季蔵と長次郎の娘・おき玖は、下手人を上げる決意をするが……(「雛の鮨」)。主人の秘密が明らかにされる表題作他、江戸の四季を舞台に季蔵がさまざまな事件に立ち向かう全四篇。粋でいなせな捕物帖シリーズ、第一弾！

和田はつ子
悲桜餅《ひざくらもち》
料理人季蔵捕物控
書き下ろし

義理と人情が息づく日本橋・塩梅屋の二代目季蔵は、元武士だが、いまや料理の腕も上達し、季節ごとに、常連客たちの舌を楽しませている。が、そんな季蔵には大きな悩みがあった。命の恩人である先代の裏稼業〝隠れ者〟の仕事を正式に継ぐべきかどうか、だ。だがそんな折、季蔵の元許嫁・瑠璃が養生先で命を狙われる……。料理人季蔵が、様々な事件に立ち向かう、書き下ろしシリーズ第二弾、ますます絶好調！

時代小説文庫

和田はつ子
あおば鰹《がつお》
料理人季蔵捕物控

書き下ろし

初鰹《はつがつお》で賑わっている日本橋・塩梅屋に、頭巾を被った上品な老爺がやってきた。先代に〝医者殺し〟(鰹のあら炊き)を食べさせてもらったと言う。常連さんとも顔馴染みになったある日、老爺が首を絞められて殺された。犯人は捕まったが、どうやら裏で糸をひいている者がいるらしい。季蔵は、先代から継いだ裏稼業〝隠れ者〟としての務めを果たそうとするが……(「あおば鰹」)。義理と人情の捕物帖シリーズ第三弾、ますます絶好調。

和田はつ子
お宝食積《くいつみ》
料理人季蔵捕物控

書き下ろし

日本橋にある一膳飯屋〝塩梅屋〟では、季蔵とおき玖が、お正月の飾り物である食積の準備に余念がなかった。食積は、あられの他、海の幸山の幸に、柏や裏白の葉を添えるのだ。そんなある日、季蔵を兄と慕う豪助から「近所に住む船宿の主人を殺した犯人を捕まえたい」と相談される。一方、塩梅屋の食積に添えた裏白の葉の間に、ご禁制の貝玉(真珠)が見つかった。一体誰が何の目的で、隠したのか!? 義理と人情の人気捕物帖シリーズ、第四弾。

時代小説文庫

和田はつ子

旅うなぎ

料理人季蔵捕物控

書き下ろし

日本橋にある一膳飯屋〝塩梅屋〟で毎年恒例の〝筍尽くし〟料理が始まった日、見知らぬ浪人者がふらりと店に入ってきた。病妻のためにと〝筍の田楽〟を土産にいそいそと帰っていったが、次の日、怖い顔をして再びやってきた。浪人の態度に、季蔵たちは不審なものを感じるが……(第一話「想い筍」)。他に「早水無月」「鯛供養」「旅うなぎ」全四話を収録。美味しい料理に義理と人情が息づく大人気捕物帖シリーズ、待望の第五弾。

和田はつ子

時そば

料理人季蔵捕物控

書き下ろし

日本橋塩梅屋に、元噺家で、今は廻船問屋の主・長崎屋五平が頼み事を携えてやって来た。これから毎月行う噺の会で、噺に出てくる食べ物で料理を作ってほしいという。季蔵は、快く引き受けた。その数日後、日本橋橘町の呉服屋の綺麗なお嬢さんが季蔵を尋ねてやって来た。近々祝言を挙げる予定の和泉屋さんに、不吉な予兆があるという……(第一話「目黒のさんま」)。他に、「まんじゅう怖い」「蛸芝居」「時そば」の全四話を収録。美味しい料理と噺に、義理と人情が息づく人気捕物帖シリーズ、第六弾。ますます快調！

時代小説文庫

おとぎ菓子 料理人季蔵捕物控

和田はつ子

書き下ろし

日本橋は木原店にある一膳飯屋・塩梅屋。主の季蔵が、先代が書き遺した春の献立「春卵」を試行錯誤しているさ中、香の店粋香堂から、梅見の出張料理の依頼が来た。常連客の噂によると、粋香堂では、若旦那の放蕩に、ほとほと手を焼いているという……（「春卵」より）。「春卵」「鰯の子」「あけぼの膳」「おとぎ菓子」の四篇を収録。季蔵が市井の人々のささやかな幸せを守るため、活躍する大人気シリーズ、待望の第七弾。

へっつい飯 料理人季蔵捕物控

和田はつ子

書き下ろし

江戸も夏の盛りになり、一膳飯屋・塩梅屋では怪談噺と料理とを組み合わせた納涼会が催されることになった。季蔵は、元噺手である廻船問屋の主・長崎屋五平に怪談噺を頼む。一方、松次親分は、元岡っ引き仲間・善助の娘の美代に、「父親の仇」を討つために下っ引きに使ってくれ、と言われて困っているという……（「へっつい飯」より）。表題作他「三年桃」「イナお化け」「一眼国豆腐」の全四篇を収録。涼やかでおいしい料理と人情が息づく大人気季蔵捕物控シリーズ、第八弾。

時代小説文庫

和田はつ子
菊花酒
料理人季蔵捕物控
書き下ろし

北町奉行の烏谷椋十郎が一膳飯屋〝塩梅屋〟を訪ねて来た。離れで、下り鰹の刺身と塩焼きを堪能したが、実は主人の季蔵に話があったのだ……。「三十年前の呉服屋やまと屋一家皆殺しの一味だった松島屋から、事件にかかわる簪《かんざし》が盗まれた。骨董屋千住屋が疑わしい」という……。烏谷と季蔵は果たして〝悪〟を成敗できるのか⁉ 「下り鰹」「菊花酒」「御松茸」「黄翡翠芋」の全四篇を収録。松茸尽くしなど、秋の美味しい料理と市井の人びとの喜怒哀楽を鮮やかに描いた大人気シリーズ第九弾、ますます絶好調。

和田はつ子
思い出鍋
料理人季蔵捕物控
書き下ろし

季蔵の弟分である豪助が、雪見膳の準備で忙しい一膳飯屋〝塩梅屋〟にやってきた。近くの今川稲荷で、手の骨が出たらしい。真相を確かめるため、季蔵に同行して欲しいという。早速現場に向かった二人が地面を掘ると、町人の男らしき人骨と共に、小さな〝桜の印〟が出てきた。それは十年前に流行した相愛まんじゅうに入っていたものだった……。季蔵は死体を成仏させるため、〝印〟を手掛かりに事件を追うが――（「相愛まんじゅう」より）。「相愛まんじゅう」「希望餅」「牛蒡孝行」「思い出鍋」の全四篇を収録。人を想う気持ちを美味しい料理にこめた人気シリーズ、記念すべき第十弾！